芍药摇晚风

王祥夫散文精选集

王祥夫
WANGXIANGFU
ZHU
著

山东城市出版传媒集团·济南出版社

图书在版编目(CIP)数据

芍药摇晚风 / 王祥夫著. —济南:济南出版社,2021.6
ISBN 978-7-5488-4696-3

Ⅰ.芍… Ⅱ.①王… Ⅲ.①散文集—中国—当代 Ⅳ.①I267

中国版本图书馆 CIP 数据核字(2021)第 101627 号

芍药摇晚风
王祥夫　著

出 版 人	崔　　刚
图书策划	田俊林
责任编辑	李圣红　董慧慧
装帧设计	八牛·设计
出版发行	济南出版社
地　　址	济南市二环南路1号
邮　　编	250002
印　　刷	济南鲁森印务有限公司
成品尺寸	148mm×210mm　32 开
印　　张	8
字　　数	169 千
版　　次	2021 年 6 月第 1 版
印　　次	2021 年 6 月第 1 次印刷
书　　号	ISBN 978-7-5488-4696-3
定　　价	39.00 元

(如有倒页、缺页、白页,请直接与出版社联系调换。联系电话:0531-86131736)

目 录

第一辑 / 墨香如仪

画扇小记 / 3
墨 猴 / 5
草纸帖 / 8
指 墨 / 11
毛笔帖 / 15
与 虫 / 17

记朱砂 / 20
猪鬃记 / 22
棕 榈 / 25
墨香如仪 / 27
砚 田 / 30

第二辑 / 素食在上

冬日晚餐 / 35
素食在上 / 37
冻秋梨 / 40
行酒令 / 43
冬笋帖 / 45
老油条 / 47
清粥谱 / 49
绍兴酒 / 50
角 黍 / 52
田鸡灶鸡 / 54
浆水面 / 56

吃白饭 / 59
青梅煮酒 / 62
落花生 / 65
吃瓜子 / 68
吃螃蟹 / 71
也说肥肉 / 73
吃豆腐 / 75
赌 酒 / 78
醋下火 / 81
咬菜根 / 84

第三辑 / 先生姓朱

元宵帖 / 89
清　坐 / 91
长　衫 / 93
元宝帖 / 96
马　戏 / 99
除夕记 / 102
初五记 / 104
鸡鸣帖 / 106
换春衣 / 108
清明帖 / 110
穿鞋去 / 113
清　光 / 116
当年学画 / 118

玻璃屋 / 120
妆　点 / 123
夏日记 / 126
说读书 / 129
纸生活 / 132
书三事 / 135
午时记 / 138
师　牛 / 141
一揖清高 / 143
先生姓朱 / 145
岁　朝 / 148
何时与先生一起看山 / 150

第四辑 / 汤婆子帖

山　子 / 159
拂尘一事 / 162
蛤什蟆 / 165
棉被子 / 168
汤婆子帖 / 171
闲　章 / 173
仙鹤帖 / 175
拔步床 / 177
说　鼠 / 180
关于螺蛳 / 182
红蜻蜓 / 185

蜘　蛛 / 187
梅　瓶 / 190
纸　窗 / 193
又名土狗 / 196
竹　帘 / 199
胭脂帖 / 202
阁楼记 / 204
蝴蝶飞南园 / 207
铁如意 / 209
花　笺 / 212

第五辑 / 彼时采桑

爱莲说 / 217

彼时采桑 / 220

葫芦事 / 223

芍药摇晚风 / 226

梧　桐 / 228

知风草 / 231

莼菜之思 / 233

山　茶 / 236

牡丹帖 / 238

荠菜帖 / 241

栖霞木瓜 / 243

樱　桃 / 246

岁尾花事 / 248

第一辑

墨香如仪

画扇小记

晚上喝茶，一边读冯梦龙的《挂枝儿·门子》，及至读到这首，忽然想笑："壁虎得病墙头上坐，叫一声蜘蛛我的哥，这几日并不见个苍蝇过，蜻蜓身又大，胡蜂刺又多，寻一个蚊子也，搭救搭救我。"真是幽默得好。遂想起那一年在北京老舍茶馆听京韵大鼓，台上演员居然也唱这一首，只加一两个字却更妙，是这样："壁虎儿得病墙头上坐，叫一声蜘蛛我的哥哥，这几日啊不见个苍蝇过，蜻蜓个头那么个大啊，胡蜂它刺又多，精精致致寻一个小蚊子儿，哥哥你搭救搭救我。"读冯梦龙这首《挂枝儿·门子》，每每就想到壁虎，民间说壁虎本是蛇的舅舅，所以又把壁虎叫作四脚蛇。虽叫四脚蛇，但壁虎还是要比蛇可爱得多，尤其是那种碧绿的小壁虎，几乎都可以说是好看。壁虎的好还在于它吃蚊子，家里要是有一两只壁虎，到了夏天几乎都不用点蚊香。但壁虎这厮会坐吗？而且还是坐在墙头上，跷着它的二郎腿，这简直是想一想就让人想笑。昨晚喝着茶，不知怎么就又想到桂林了。那次在阳朔的街上，十月里的天气，不知道怎么会那么热，便拉了黄土路和刘敏还有光盘邓焕去买文化衫，每人买一件，即刻在街头赤膊穿起，然后又到处找扇子，街边店里居然有，而且还有白扇，不知谁说白的扇子不好看，便不免要画一回，店里居然笔墨颜色俱全，虽笔砚粗疏，但可以画。因为是成扇，需要用手拉拉平，便左边一人，是土路，右边一人，是光盘，两人把扇子拉平了，就那样连画了几把，虽不成个样子，亦算是个纪念。其中最妙的一把现在不知是在谁那里，扇子的一面便是画了一只坐在墙头上的碧绿小壁虎，跷着个二郎腿，扇子的另一面写了冯梦龙的这首"壁虎得病墙头上坐"。一时大家看了都拊掌大笑。晚上吃酒的时候大家还都把这山歌轮着念了一遍，谁念错了就罚酒。时光真是匆匆如梭，历历在目的事想不到俱已是往事旧尘。及至后来，回去想再画一下跷着二郎腿坐在墙头上的壁虎，却没兴趣。

晚上喝茶，看看书架下朋友拿来求画的扇子，已经好长时间了，都塞在那里，但兴致却没有。这便让人觉得兴致这东西才真正是好东西，如再坐桂林街头，满头满身都是汗，或许又会即刻画起来，但不知土路诸友现在都在做些什么。

是为记。

墨 猴

　　昔时喜欢画猴，曾画了许多，都放在一个小竹箱子里。小竹箱子分两层，打开盖子是一层，把里边同样是竹编的屉子拿开来又是一层，上边这一层放纸，下边那一层放笔墨砚台，感觉这便像是古时考生们挎着去赶考的考篮，而实际上它早先是放点心的。前几天曾看到荆歌的一只老竹箱，便忽然想起家里的这件旧物，而家里的这个竹箱现在早已不知去了哪里。竹箱和藤箱在南方多是生活用品，现在用的人已经不多，去年曾在潘家园买到过两只藤编的桶状藤盒，却据说是越南那边进来的，盖子可以打开，却又是用编的铰链把盖子与藤盒相连着，上边还有扣绊，编得甚是精巧好看，我现在只拿它来放各种杂物。昨晚因为饮酒，从外边回来就睡，而一觉醒来，外面却还黑着，摸索着喝过茶，看看表才凌晨四点，但再也睡不着。昨天是立春日，一旦立过春，真正是又一年了，因为是猴年，前两日便画了两只小猴，所以大清早就想到猴是很自然的事。国人对猴有一种别样的喜欢，其实是与传统书画分不开的，比如一幅画既画了鹰又画了熊，那不用说，这就是暗指了"英雄"，而猴却是与"王侯"的"侯"分不开。最早的唐宋年间的玉雕，便有一只猴子伏在一头大象的身上，这便是"封侯拜相"的美意。而到了明清，多见的是一只猴子骑在一匹马的身上，这便也不难理解，便是"马上封侯"，虽然心情像是格外地急切了些，但用"一万年太久，只争朝夕"来说，又像是本该如此，人生短暂，想做什么事情本不该犹豫才是，要马上做起，爽利一些才是人生真正的好态度。年前诗人雁阵曾送我一件宋元时期的小挂件，便是"马上封侯"，亮晶晶的，曾想过把它挂在身上的什么地方，但它现在却一直在书架上待着。每次看它，便觉喜气，虽然自己并没有做官的想法。

说到猴，鄙人小时候最喜欢的便是它，当年兴冲冲地去动物园，口袋里总是放些可以吃的东西，自己不舍得吃，就是想去喂给猴子。猴子的脸和屁股是彤红的，突出的额头下那两只眼睛又离得特别近，因为从小喜欢猴子，一旦画起来就很顺手，它怎么蹲，怎么坐，怎么抓耳搔腮，根本就不用怎么想就可以画得出来。说到猴，很难不让人想到猿，唐诗里的"两岸猿声啼不住"其实我想那应该是猴子在叫，我现在都不知道中国到底有没有猿，或者是什么地方有猿，而张大千养的那只猿又是什么猿。猿的双臂像是要比猴子的长许多，和猴子的区别是，猿总是喜欢用长长的手臂把自己吊在树上荡来荡去。好像是，宋人就这么画猿，而且多是白脸儿黑猿，及至后来，画家们画猿也都是让它们吊起来。而画猴却是另一路，画猴可以让它们蹲着，坐着，可以让它们抓耳朵，可以让它们探头探脑。白石老人曾画一猴，是白猴，虽是白猴，但手脚却是黑的，举着一只很大的桃子，这幅画应该是"白猿献寿"的意思。其实如果真正地画起猴和猿来，是很难画一只全白的出来的。

鲁迅先生，现在不少人都叫他大先生，这个叫法，就像是和他很亲。鲁迅先生写过那么多的文章，但我总记着的却是不知他哪篇文字里写到过的一只墨猴，很小很小很小的猴，小到它平时就住在主人书案上的笔筒里，你想想它应该有多么小，你在那里写字或者是作画，写到或画到最后，倘若砚台里还有一点点残墨，它就会从笔筒里跳出来把那残墨一点一点舔着吃了，它的食物居然是墨，然后，它又一跃，又跳进笔筒里去。直到现在，我都想有这么一只墨猴，那么小一丁点儿，那么小一丁点儿，那么小一丁点儿的小猴儿，可以住在笔筒里的小猴儿。

原想把鲁迅先生的这篇文章找到，把写墨猴的那一段抄下来录诸卷末，翻了翻《鲁迅全集》，一时竟不知从何处找起。

草纸帖

　　我这里说的写字，如果不是对外国友人说此话，一般人马上都会明白是在说用毛笔写字。在中国的过去，民间或不民间的官方教育都比较重视写毛笔字，写好写坏且不说，受过教育的人总是摸索过毛笔。因为写字而被板子打手的感受我想许多人都曾有过。我从小写字，入手是描红，描来描去便明白了横平竖直。至今鄙人写字，还是喜欢那种从小习惯用的毛边纸，毛边纸的好是因为它淡淡的黄颜色让眼睛很舒服，其次它也便宜，不像连史纸那样容易一写就破，好一点的毛边纸写了正面可以再写反面，这就是练字。写字在中国，是最最简单的事，人人都可以写，不是谁家的专业，也不是谁家的祖传营生。但要是想写好，那就得反复写。小时候去城东的五十里铺，那里就有专门做麻纸的作坊，一面一面的土墙上都贴着不少尚未干透的麻纸，老天这时候最好不要下雨，若是这时候偏偏下起雨来，纸又未干，揭又不好揭。好在北方的雨没南方那么淅淅沥沥的多，碰到好太阳，用不了多久就会干了，一张一张揭下来，这种纸的结实是现在的人想象不来的，只要不被水湿，想撕开它还不那么容易。麻纸的作用实在是很多，除了写字还可以裱糊什么，卖麻纸的店铺不是什么文具店，而是土产商店，可见它真是土产。过年的时候一刀两刀或几刀的买回去，打仰尘和换窗户纸都离不开它，虽说麻纸怕雨淋，但用它糊窗户雨还淋不坏它。画家用麻纸作画的并不多，但现在要想找几张老麻纸还真不容易。做麻纸的原材料是那种可以长很高的苎麻，苎麻的叶子和麻秆儿一律黑绿黑绿的，麻籽炒着吃很香，下乡开会，一边喝白开水一边吃炒得很香的麻籽。有一种叫声并不那么好听的鸟，俗名腊嘴，小嘴是红的，很好看，专门嗑麻籽，而有些鸟本来不吃麻籽，但它们上了火，拉不下屎，便给它们连着喂两天麻籽，很顶用。

　　从小写字，所用的笔与墨都是最便宜的那种，笔是"横扫千军"，墨是"金不换"，北京琉璃厂现在都有得卖。从小写字，家大人常说的一句话是："再不好好儿写，长大去当抄书匠。"而现在想想这句话，像是让人不大好理解，字写得不好岂能去当抄书匠？或者可以解释为："你怕写字，长大了就非让你去找一份写字的工作。"但字写得不好会有人给你这份工作吗？古时候抄书是能养家糊口的，《宣和书谱》记："吴彩鸾，太和中进士文箫妻，箫拙于为生，彩鸾以小楷书《唐韵》一部，市五千钱，为糊口计。钱囊羞涩，复书之。"古时这种专门抄书养家的叫"抄书匠"，而专门抄经的却似乎要高一等，叫"经生"。《法苑珠林》卷七十一记，唐龙朔三年，刘公信妻陈氏母先亡，有一经生将一部新写《法华》，未装裱，向赵师子处抵押二百钱，此经向值一千钱。陈夫将四百钱赎得，装裱好，在家为母供养。鄙人不知道《唐韵》和《法华经》的字数各是多少，所以很难说哪本书贵哪本书不贵，再说它们也不是一个时代，但在古代抄书能挣钱是不争的事实。

小时候写字，还有一种更为便宜更为粗糙的草纸，纸色金黄且厚，除了小孩学写字用它，人们如厕也要用到它。做这种纸用蒲草，有时候人们又会用它来包点心，吃点心的时候有时会发现点心上粘有蒲草的毛毛，但这不碍事。那时候的人们没有太多的毛病。

指　墨

　　家中旧物，向来不知爱惜，及至想起，却只剩下一只青花瓷钵，钵底画两个小人在那里抬腿扭腰踢球，古代只叫它"蹴鞠戏"。百工百匠之中，我只喜陶工，一直想在我北边露台安放一个电炉，一次烧四五个杯子或别的什么，一边做一边可以望望这小城西边的远山，山上照例东一片绿西一片紫，有云飘过时，山色会斑驳一下。因我住在最顶层，我在上边做什么也不会有人看到。泥巴的好，在于它可以百变千变，比如捏个裸体男女，比如做个不规则的盘子和笨拙的碗，这便全在我。一时想到竹林七贤的嵇康，竟然会去打铁，砰砰啪啪，火星不免四溅，又没个墨镜给他戴。再一个怪胎就是明朝的那个皇帝，在宫里整日臭汗淋漓做木匠活计，"嘶啦啦，嘶啦啦"地拉大锯也不嫌其烦，也不知是什么人会愿意给他搭一下手，但他毕竟影响了整个天下，至今所见明式家具线条都好到减一分则瘦增一分则肥，但那趣味原不是给民间百姓的，民间的趣味只在结实，一张大床可以尽着人折腾才是，而正经明式家具却要人先知道什么是小心和规矩，要人坐有坐相靠有靠相。而我，打铁也不能，做木匠活也不够，多少年来却只想做陶工，去与泥巴厮混，这想法心心念念至今还没有打消，闲时还总是在打听陶炉和陶土的消息，电脑里存许多制陶资料。日本陶艺家的纪录片我几乎全部囤存，我喜欢那种质朴的手捏陶，前不久买到一只说圆不圆的"九土"手捏黑陶盘，心里说不上有多么喜欢，两个巴掌大小却要六十多元，也只能放两个娇小的佛手，美感却无法言说，也不知是什么手捏就，竟让人喜欢。人类的手真是无所不能，好到无法说，却又往往被我们自己忽视，很少有人会没事把自己的手左看右看，除非手出了毛病，人类的贱，只贱在几乎是什么东西不出毛病都不知去惜爱。但手实在是奇妙，再美的东西也像是离不开手，当然人身上还有更奇妙的东西，只是在此不便言说，人活着，其实是活手。

　　前不久，看一本《古今指画集》，便忽然想起用手指试它一试，且给毛笔放几天小假。小时候师父经常画指画，画之前，必先换黑衣黑裤，这便是讲究，然后才慢慢画起。或是用小指指甲轻轻着一点墨在纸上一点一点轻轻拉，或是用食指和中指并在一起在纸上用力搓擦，或是单用中指蘸一点墨在纸上轻轻点，食指的指甲最长，着纸有力像是公孙大娘剑器行，在纸上一劈一劈。若四指并拢了一齐上阵，大块的石头便在纸上即刻峥嵘起来。想想师父当年画指画那双手，真是黑煞难看，指甲缝几天都洗不干净，都不忍心看他伸手取馒头。再看看画册中潘天寿大师的指画松石，看看历代画家指画的凌厉用笔，便忍不住想画。研了墨，手巾水盆都准备好，老婆厨房用的围裙此刻忽然升级，居然直接与文化接轨。铺好纸，是从右手先黑起，继之左手，为了画这指画还特地留了指甲，但也不是专门为了画这几张破宣纸，平时没事抚弄古琴，右手指甲自然在，再留则是小指，小指指甲画虫须,真是要紧得很,其他指甲还很难派用场,而小指指甲留短了还不行,此指便一如笔中的"衣纹""勾线"。而大拇指却是中号狼毫。画指画,特有一法是以线缠指,粗线细线各有讲究,缠一指缠两指须事先想好,把手指直勒出一道一道楞,还要学会用手抓墨,水盂里一下,砚池里一下,要快而利落,用手指一抓一抓,即刻洒落纸上,是,淡墨一下浓墨一下,纸上便淋漓起来。潘大师最喜画指画,想必其指甲亦是特别地长,看他指画之松针,厉厉一如刀剑。今年六月荷花开,专门跑去杭州看了一回荷,心里便想着潘大师的指墨荷花。潘大师的指墨好,好在尺幅大而画面净爽,没一滴墨迹洒落,无论山石兰草松针鹭鸟,线条遒劲利落得让人想不到,想必潘大师是一边画一边用什么兜着那只手,怎么四尺整张的大画会那么干净?画指墨真是很难做到这一点,所以其《淡彩指墨画鹭图》令人心服。再看南宋梁楷,总觉他的画也一律都是手活儿,有指墨的味道。用手指在纸上作画当然是叫作"指画"。指画始自唐代张璪,想必此人的手指整日也都是墨迹淋漓,指甲缝里更不必说,且穿不得素衣白袍。画指画,虽指缝墨迹一连几天都洗不干净,但我还是喜欢那种感觉——就像是身上忽然长出十支笔,居然是软、中、硬都有,且分大、中、小号。以指代笔,有特殊美感,但画指画,一张画实实在在很难只靠手指来完成,即如潘大师,也不免要靠毛笔来收拾一下,或是以线缠指增强其表现力。画指画其实重在趣味,不在尺幅大小,最上乘的指画当纯以手指在纸上来去。而以指濡墨,表现力毕竟不如毛笔。时下无论几流画家作画都喜欢画大画,动则八尺或丈八,且以能入时人眼为最高目的。有一句话是:"好书画不入时人眼,入时人眼必无好书画。"指画一如唐诗之外的词,古人把词叫作"诗余",诗言志而词言情,而指画可以说是"画之余",重在一个"趣"字。趣乃国画之真魄所在,不如此不可观。

　　写文章都要有个结尾,忽然又记起家里的那个青花钵,忽一日有朋友来把钵底翻过来看,连声怪叫起来,说这"云石友"原是明代某某的号,这青花钵竟是明代物件。我对他说,明代物件也只是物件,在我,再珍贵的东西也要让它回到日用上才安逸,我便用这青花钵种水仙,比之当年家里阿姨用它种蒜苗也算是雅了那么几分。

毛笔帖

鄙乡的"六月六，晒衣裤"之说其实古已有之，《世说新语》里那位没有华美衣服可晒而把大裤裆裤子拿出去晒一晒的主人公，一时想不起是谁了，足见鄙人读书完全是胡看，并不想牢记什么，其实也不必记。虽然有备忘录在那里，而备忘录也只是记一些怕给忘掉的事，比如答应给谁写一幅字，或某某几号请去吃酒。这种事一定要记清了才好。记得有一次我们几个朋友被另一个朋友请去家里吃酒，我们几个糊里糊涂就么去了，已经到了吃饭时间，主人和急匆匆赶去的我们相对而视一脸的迷惘，主人好像已经忘了答应我们去吃酒的事，及至后来是大家都忽然笑了起来，原来讲好吃酒的日子是第二天，而我们统统都记错了，头一天便赶了去。所以请吃或被请吃这种事情是要上备忘录的，以免再闹出这种笑话。鄙人的记性从小就不大好，所以有什么事都要记那么一记，比如南昌的朋友于前几天忽然寄来了一支很好的毛笔，笔杆居然是翡翠做的，拿在手里便让人想到清宫里的三希堂，昔年曾在那里看过皇帝用的笔才会有这种笔杆，这不免也是要记一记的，以便日后要答谢南昌的这位朋友。而且最近用来写小字的笔也没有了，还要记好再去买几支写小字的毛笔。说到毛笔，凡是中国人，没有不认识毛笔的，但说到使用却未必人人都会。前几年曾向湖州定制了一批毛笔，其中要数笔杆上刻了"生死刚正"四字的笔最好，但终于你一支我一支地全都送了朋友。这个笔的好处一是笔杆很长，站在那里写字而不用哈腰，其二是笔锋之长几乎是天下无二，当然是就笔头的直径0.6毫米而言，而且笔之两头都是用白牛角。这样的好笔，即使不写字的人也会忍不住拿起来在纸上横平竖直一下。鄙人定制的这种笔还有一样好，就是笔杆上"生死刚正"那四个字是手刻，而时下在笔杆上刻字都已经是用电脑代劳了。

说到写字的家什，一定是纸笔墨砚这四种，可以说是离开其中的任何一种都写不成，只不过现在的变化是研墨被取消了，写对联什么的有一瓶墨汁就足可以对付，并不要一个人在那里磨来磨去。但认真作画还是要研墨，早上起来把墨研好，研多少自己知道，最好是到了晚上统统用光。用不完的，如砚里还剩那么一点点而又不够作一幅画的便用毛笔在砚里扫那么几扫，再把笔上的墨在笔洗里涮几涮，这笔洗里的水被主人这么涮来涮去，天长地久地涮下来便会日渐臭起来，这便是淡宿墨。从古到今的文章法都是有话则长无话则短。由毛笔说到买毛笔，其实也没什么好说，不过是去文具店转来转去。鄙人居住的小城里也有许多家卖毛笔的，但笔杆上边的刻字都是电脑所为，这就让人不能喜欢。不久前与曹永去北京琉璃厂，转了一家又一家的文具店和笔庄，居然也是无笔可买，而又不能空手回来，便买了一支老大的罗汉竹笔杆的大笔，罗汉竹节短而粗，拿在手里很是舒服，笔是一般的笔，好在上边什么也没刻。这支笔现在已经开始用，而真正的想法是等这支笔用坏了，那笔杆可以用来做一个拂尘，一直想有一个很小很小的拂尘，没事拿在手里拂来拂去的很好玩，而且是有蚊子赶蚊子没蚊子赶苍蝇也可以。

与 虫

　　近百年，或者简直可以从瘦金体的宋代一直说到现在，白石老人无疑是画草虫最好的画家之一。白石老人的魅力在于他的兼工带写，写意的花草蔬果与工笔的草虫，二者相对，卿卿我我。那一年，我十八岁，对古都的北京还不是那么熟悉，背着一个小黄挎包，一头的汗，好不容易找到了跨车胡同，是，很一般的那么一个四合院，是，很一般的那么一个小院门，门左墙上镶一块白石，上镌四字：白石故居。当时我的激动是想一下子就进去拜一拜，看看白石老人的画案或画案上应有的文具。但院里的人神情都十分地冷漠，现在想想，去跨车胡同拜访白石故居的人一定很多，住在这院里的人，想必应该是白石老人的后人，一年三百六十五天不知要受到多少进进出出的打扰，想清静亦不可得。就像我后来去黄宾虹老先生杭州栖霞的故居，院子里的人想必也是黄老先生的后人，神情也是一派清冷。现在想想，一家人过日子，未必非要穿金戴银，但"岁月静好"这四个字是一定要的。

　　北京的老四合院，一年四季，风霜雨露，花开花落，蝴蝶啊，蜻蜓啊，蚂蚱啊，知了啊，蛐蛐啊，该有多少草虫可看。北京的老胡同里到了夏天还会让人看到很多紫得吓人的扁豆，扁豆是紫的，但花却是红的，好看。还会看到凤仙，凤仙的好看在于它几乎是半透明，用北京话是"水灵"。白石老人画过不少这类东西。在北京，到了秋天还有老来红，开花红紫一如大鸡冠。这些东西老人都能看到。老人画草虫，喜题"惜其无声"，或题"草间偷活"。白石老人所画草虫多多，连臭虫和屎壳郎都画。老人曾画屎壳郎，上边题曰："予老年想推车亦不可得。"屎壳郎滚动粪球和老汉推车相去大远，一个头朝前，一个头朝后。所以有人说白石老人这是隐语。此画虽无明确年款，但就书法风格和画风而言，当是白石老人八十后的作品。

白石老人看大风堂堂主画知了，知了头朝下，便对大风堂堂主说，知了无论落在哪里，头都是一定要朝上。而白石老人自己画知了也常常头朝下。白石老人画蝗虫，大多头朝左，为其手顺。老人画虾，鲜有头朝右的，大多头朝左，也是为了手顺。鱼也这样，大多都一顺儿朝左边去，有头朝右的，但很少。小时学画，朱可梅先生一边笑一边对我说这些事，说多画一些头朝右的，不要到老养成毛病改不了。四十年过后，现在画册子，不才笔下草虫朝左朝右，居然手顺。朱可梅先生教予画草虫，每每以一字论之，画蝼蛄要把气"沉"下去，画蚂蚱其气要往上扬，画蛐蛐要取一个"冲"字，画蜻蜓要"抖"，画蝴蝶要"飘"。

白石老人的画是越简单越好看，老人画一青花水盂，盂里一小水虫，在游动。白石老人画蜘蛛，是画肚皮那边，交错的几笔，就是蜘蛛。白石老人画草虫得其神。工笔草虫太工便死，爪甲须眉笔笔俱到，神气往往会一点全无。白石老人之工虫，虽工却有写意的味道，老人善用加减法，虽是工笔，但该加则加，该减则减，虾的腿多，老人只画几笔，愈见神采。老人画蟋蟀，画苍蝇，虽小却神气毕现，像是马上会弹跳起来。老人画蚂蚱，前边四条小腿上的小刺全部减掉，是更加好看，而画灶鸡，却把腿上的毛刺夸张出来，好到十分，这便是艺术。说到小小的草虫，白石老人像是特别看重自己笔下的蜜蜂。白石老人一生曾多次自定笔单，1920年所定的笔单是这样的："花卉加虫鸟，每一只加十元，藤萝加蜜蜂，每只加二十元。减价者，亏人利己，余不乐见。庚申正月除十日。"这蜜蜂，当然是飞的那种，近看，是浓浓淡淡一团，远看，嚯，一只蜜蜂正飞过来。

白石老人题草虫"惜其无声"是自赞一语。

白石老人画草虫或题"草间偷活"，亦是自况，令人味其酸楚。

记朱砂

鄙人挚友诗人某，鸡蛋糕蒸得实在是好，某日询之，曰受其家大人真传，五颗鸡蛋加四鸡蛋壳儿的水，用筷子朝一个方向整整打九十九下，一下不得多，一下亦不得少。家大人的口传当然是重要，有没有道理却是另一说。而我亦有家传，就是每到六月六必把各种东西拿出来晒上一晒，其中就包括那很大一盒的朱砂印泥，青花的缠枝莲四方瓷盒，一边晒一边还要用小小的骨铲翻它，一边翻一边在心里直觉奇怪：怎么一盒这样的印泥就总是用不完？怎么就总是不褪色？这盒印泥我现在还用着。各种的印泥里边，颜色最正的我以为就是朱砂印泥。记不清是什么戏了，好像与明代那个大太监刘瑾有关。里边的人物，一个丑角扮的糟老头子，在被审问的时候说他把一颗人头"叽里咕噜，咕噜叽里，咕噜叽里，叽里咕噜"就那么一扔给扔到朱砂井里去了。当时还想，一口井就怎么叫了"朱砂井"？试想想，平地一口红彤彤的井，什么光景？是井里出朱砂，还是怎么回事？知道朱砂这味药是很早以前的事情，也知道若以朱砂入药，不能和其他的草药一起煎煮，只能等到药全部煎好再把朱砂濡湿一并服下。民间相传，鬼魅原是看不清任何东西的，它只能看清颜色，而红色便是它们的最怕，所以老道的写符一定是要动用朱砂，一张黄纸，天书般一串串的字，让鬼们看得胆战心惊。那年去琉璃厂,在清秘阁买了一本启功先生早年的书画册,里边有几幅朱竹,竖的竹竿儿,左右纷披的竹叶,满纸都是笔势纷纷的朱砂,想必挂在墙上,鬼们看了就要逃跑。国画中用到朱砂的时候比较多,比如白石老先生的"福到眼前"的蝙蝠就用朱砂。画那种可以腌制"臭叽咕"的"老少年"——也就是苋菜,也一定用朱砂,朱砂之好,不浮不躁。当年买到过一块古玉,玉上就有朱砂沁,是洗不掉的,除非你用什么利器去除,但没那么傻的人。我直到现在都不明白古代的墓里为什么会大量地用到朱砂,几乎是整车的拉来,几乎是覆遍整个的墓穴。朱砂又叫辰砂,各地并不少见,但要以湖南沅陵所出的为最好,沅陵古称辰州,辰砂之名由此而来。这在沈从文先生的《湘行散记》里曾被写到。鄙人无事逛潘家园或十里河的花鸟市场,经常看到有卖朱砂的,大块大块地摆在那里,天然大块的朱砂能做案头清供的山子,但难得一见可以入眼做山子的那种。朱砂的硬度不高,很容易就可以捣碎,以之做颜料的方法一如炮制赭石,捣碎、杵细、过水,再用磁铁吸去里边的铁屑。

  鄙人诗友蒸鸡蛋糕受其家大人的真传,是一口气不停不歇地打九十九下方会正好,想想让人发笑,我家大人授我晒印泥的家传亦是想来让人发笑,是要把印泥用小骨铲不停不歇地左翻一百下,右翻一百下,虽然有些可笑,但我现在晒印泥宁愿还是这样,这样一百下,那样一百下。我父亲去世的时候还很年轻,他人长得真是英俊高大,有时我还会梦到他,多少年过去,我亲爱的父亲大人在我的梦里还是那么年轻。一如那盒朱砂印泥的毫不褪色。

猪鬃记

每次去琉璃厂，我总是要到笔铺子里去看看，琉璃厂的西边笔铺子多一些，大大小小不知有多少家。家里虽说有许多的毛笔，但还总是要看笔买笔，虽然买了也不见得就会马上用，但心里总觉得要是现在不多买些放在那里，以后好笔会越来越少。前几年还能见到的那种笔杆上手工刻字的笔，这几年几乎都见不到了，毛笔杆上的字几乎都是用电脑刻了。不是不好看，是难看，让人心里很是不舒服，五六年前我给自己定做一批笔，事先说好了一定要用手工刻，但现在还想再定做一批画工虫的小笔和画山水的猪鬃笔，只是不知道还能不能找到可以在笔杆上刻字的师傅。如果能找到，一次就定制五百支或一千支，其实做这么多笔很难用完，其中一半都是送了朋友。但如果能找到好刻手，即使用不完也要多多定制。毛笔多了也容易招虫子，所以要在存放毛笔的箱子里放几块香皂，最好是那种上海牌的硫磺皂。我平时洗浴洗脸都用这种硫磺皂，因为用的时间久了，居然觉得那味道还很好闻。即使是很难闻的那种猪鬃笔，一旦和硫磺皂放在一起，猪鬃的臊味也会减淡。说到猪鬃，过去的鞋刷子和别的什么刷子几乎都是猪鬃做的，没有什么动物的毛能再硬过此物，我现在在用的一把谭木匠头发刷子就是猪鬃所制，每天用它梳一下头，很是过瘾，说过瘾其实不准确，是很刺激，头皮被梳得既痛且痒。一边梳一边想猪鬃可真是好东西，怎么会有这么硬？因为买猪鬃笔，才知道过去最便宜的这种笔现在也越来越贵。一是猪鬃的不好收，过去是从国营的大屠宰场里去取，大型的屠宰场一天要杀多少猪？杀得少了都像是对不起那流水线，所以猪鬃多得是，几麻袋几麻袋地收回来再慢慢挑选梳理。二是书画界用猪鬃笔的人本不多，除了画山水的画家会用到，画花鸟和写字一般都不会挑选这种笔，其实猪鬃笔亦是可以用来画花鸟和写字，而且出来的效果很是特殊。那一次去南方写生，走之前整理写生用的东西一时粗心只带了两支猪鬃笔，想不到临到画的时候才发现它的好，梅花的老干老枝，用猪鬃笔画出来特别有味道，梅的花朵也一样，一下笔就已经是重瓣，点蕊，只需下两三次笔，都在那里了。用猪鬃笔写字，下笔便到苍茫之境。笔之中，石獾算是硬，但若与猪鬃比，只能说它软。

  一支中号的猪鬃笔，现在要卖到35元一支，若是买十支便是350元，价格不能说便宜，而羊毫就更贵，但长锋羊毫用起来太软，须加健，以前的加健须用狼毫或鼠须，但更多的是用猪鬃，现在却统统都用了尼龙丝，尼龙丝不会吸水，也不会被水泡久了软掉，而动物的毛，无论是狼毫还是鼠须，一旦着了水便有变化，所以用起来没有那种怪怪的感觉。试想，你拿一支笔写字，写到后来笔头上忽然龇出几根挺硬的尼龙毛来，这是让人看上去极不舒服的事。

  最近和笔庄联系了一下，鄙人要再定制一批猪鬃笔，说好了我自己去找猪鬃，这想必不太难，有猪在就有猪鬃，我的想法是找白黑两种的猪鬃，白色的猪鬃配一般的竹管，而黑色的猪鬃要配紫竹竹管，笔的两头不加牛角，从小到大，鄙人一直喜欢这种直管的笔。也就是依古法所制之笔，去博物馆所能看到的汉代或宋代的毛笔没有不是这样的。

  猪鬃除了做笔做刷子，还可以用来刺乳通尿道，坐月子的女人奶水下不来，用猪鬃去刺激，据说奶水就会下来，但怎么刺，鄙人一无所知。还有就是通尿道，这当然是男子，尿不下来，也许是结石在作怪，民间的草头医生便会选一根极长的猪鬃来慢慢去通，一通两通就好，并不需要吃药打针或去男科医院做种种检查。特别长的那种猪鬃一般都长在野猪身上，家猪的猪鬃没那个长度。鄙人有一把茶刀，刀把子便是一枚野猪的牙，而野猪的猪鬃家里却没有一根，这倒想求陈应松帮个忙，他老是说神农架那边有不少野猪，想必弄几根长猪鬃不是什么难事。

棕　榈

你说你要去青城山，在四川境内，那是我最心仪的山，虽然不算那么大，因为它旁边的峨眉山实在是大，所以它就显得小。但青城山满目的青翠确实好看，有一句话是，"为爱青城山，不唾青城地。"这句话让人想在上青城之前在口袋里多放一条手帕，这当然是玩笑话。正经的话是，你既上青城山，一定要代我去探望一下张天师洞前的那株棕榈树，也就是一进山门，沿那数十级的台阶上去，你当然是先会看到那株老桂，当年我去那里，桂花正在开落，简直是香到十里外都闻得见，而地上的桂花堆积几乎如雪，有老太太在那里扫地上的桂花，我还多问了一句，才知道那桂花虽落在地上，是照样地香，做汤圆或别的点心是离不开的，也足见青城山连地都是干净的。再说那株棕榈树，天下的棕榈树大多都是一根直棍地长上去，很少有分杈或简直就没有在半途分杈的事，而张天师洞前的那株棕榈便在长到半腰处分出另一枝来，是"V"字形的样子，你说怪不怪，这简直就是奇观，当地人说这便是张天师的与众不同处，连草木都不免有仙气，但现在不知道这株棕榈还在不在。有时想想，"人杰地灵"这句话是说得真不错。不知道别处还有没有这样的棕榈。我曾经画过这样一株，"V"字形，几乎是所有人见了都说天底下不可能有这样的棕榈树，所以你若要去看它，最好拍一张照片回来，让朋友们知道我那幅分权棕榈原是有出处的，那便是青城山的天师洞。

说到画棕榈，白石老人的棕榈画得最好，国画的各种笔法几乎都在这株树上，先用大笔把主干揉出，要把棕榈树干的那种毛茸茸的感觉画出来，然后再用大笔蘸着赭石再揉一遍，笔照例要干一些，几乎是山水的皴法，你也画棕榈，这个你知道。画棕榈，妙在老干上的残梗，用中号笔，蘸浓墨，一笔下去，一头在树干之外，一头在树干里，树干之外的墨是挺硬而有飞白，树干里的是洇散而水墨味道极妙。棕榈树的叶子像把打开的扇子，白石老先生是先以淡墨画两片叶子，趁其未干再用浓墨画一片大叶，浓墨淡墨一时互相破开，极是好看。画棕榈，宜用四尺对开纸，宜只画一株棕榈，亭亭立在那里才好看，补麻雀补小鸡都不好。一株棕榈，几乎把国画的笔法墨法都用到了，远比时人喜欢的牡丹好看。

前边我对你讲，我曾画青城山天师洞前的两权棕榈，但实实在在地说那只是猎奇，棕榈要想画好，必定要一竿直上才亭亭好看。有人问，画棕榈什么意思，比如画梅花上面落一只喜鹊，那自然是"喜上眉梢"，而画两个柿子再加上一个花瓶，花瓶下再画两只鹌鹑，那自然是"世世平安"，比如画葫芦，那自然是"福禄"的意思。而画棕榈就不好说有什么意思，我是既不知道白石老人如何，亦不知道古人的意思，我画棕榈，有人频频地问我是什么意思，我顺口对他们说画棕榈便是"忠实伴侣"的意思，想不到闻者皆开笑颜。

这也是我给棕榈安加的一点好意思，愿你同意，同意吗？从青城山回来我给你接风的时候请你告诉我。

墨香如仪

鄙人喜欢老器物上的墨迹,而家中老器物却实在是没有多少,而有墨迹的就更少,有墨迹的最巨大之器便是北魏时期的一个石棺,也只如一个大石匣子,盝形的盖子,当年是用来盛放骨殖的。棺盖里边写有墨字五十八个,墨迹之新一如刚刚写上去,里边提到了《木兰辞》里讲到的明堂,"归来见天子,天子坐明堂。"这个明堂在鄙人所居住的小城的南边,原来的一所大学的西侧。现在的遗址上又重新修了一个据说和当年一模一样的明堂,但让人看了总觉不像。说到墨迹,古人的墨迹能让人看到的其实并不多,所以除了写在纸上的,那些不是写在纸上的墨迹也显得弥足珍贵。鄙人有一阵子就热衷于收藏这些东西,比如那些青花瓷的碎瓷片,上边几乎什么图案都有,而最让人喜欢的还是莲花和西番莲,还有婴戏图中的婴孩,这样的一小片青花瓷碎片,用银子细细镶了边,若和藏青的粗布衣服搭配了煞是好看。而我主要是喜欢那些有字的碗底,民间工匠们的字,因为书写极度熟练而且天天要大量地书写而产生的一种极其流丽的美,一笔下去,绝不犹豫,当代的大书家也未必来得了。辽代的鸡腿瓶上的字也好看,但多是工匠的姓名。古时的女人们一旦生起孩子来,总是"雨后春笋"般一个接一个，杨家将故事里的七郎八虎便是一个例子，七郎、八郎或十几郎，现在听起来也不难听，但在古时却绝非什么好事。试想一对夫妇，生十七八个孩子，而且个个都活蹦乱跳，吃饭便是个大问题，更不用说做母亲的要日日不停地绩絮纺织缝补浆洗再加上洗菜淘米。辽代的鸡腿瓶上便常常有几郎几郎造的字样。古时的户籍登记是怎么回事现在已经让人无法明了，但孩子多起名字却是个麻烦事，所以几郎几郎一路叫下来也是方便。古代工匠做活计想必也是计件，做多少件，得多少工钱，比如北魏时期出土的筒瓦，上边也往往刻有人名，大致应该是谁做的就会把自己的名字随手刻上去，到最后加出个总数，得到应得的工钱。而这上面的刻字，用学者的叫法是"瓦刻文"，这些瓦刻文也都因为刻得多且极度熟练而精彩。这样的字，慢慢看过来，有些字你想不到会那样写，更多的还有些异体字，连《康熙字典》都不曾收入，也格外好看。还有就是老瓷器上的墨迹，往往写在碗底，有时候拿一个这样的碗在手里，想不通的是天天吃饭洗碗，上边的墨迹怎么会硬是洗不掉。碗底写字，用民间的话是"做记号"，一种情况是买来碗在碗底写上自己的名字，别人想拿也拿不去；另一种情况是大家庭分家，各房分一大堆瓷碗瓷盘兴冲冲地抱回去，为了好区别，便一一写明哪些是属于自己这一房的。也有在罐和瓶或其他用具上写上格言之类的话，如"无耳不烦"，这四个墨字就写在一个灰色的汉陶罐上，这陶罐果然是无耳，古人的幽默也于此可见。

  文房四宝的墨是什么人发明的？这是无史料可查的一件事，不像蔡伦的造纸，所以直到现在，谁都不知道全世界是哪个国家最先发明的墨，而那黑黑的墨迹又无处不在，即使在埃及或古老的印第安。再说到古董，只要是上边有墨迹，我便会先凑过去看一下。那次去陕西省博物馆，一个专门用来放炼丹材料的银药盒盖上便写有墨字，凑过去看，让人都似乎能够闻到墨香。若无那几个字，那也就是个银盒子而已。"文字的最大功能是能够开启人的想象"，这句话不知是谁说的。古器物上的文字非但能引起人的想象，而且仿佛还有墨香的存在。说到这一点，古人写诗也有照顾不到的地方，古人的"草木发幽香"，这又岂止是草木的事。再有一件事，就是当年母亲大人腌鸡蛋，是自己家养的鸡下的蛋，那时候吃什么都要靠供应，所以只要有可能家家户户都会养几只鸡，无论是城里或乡间，自己家里养鸡，自然是慢慢地下慢慢地积攒然后再分批地腌，所以母亲大人总是在鸡蛋上用毛笔写上"X月X日"的字样，吃的时候好把早些时候腌的找出来。鸡蛋上这样的墨迹说来也怪，放在盐水里很长时间居然也不会掉。墨真是很奇怪的东西。现在收藏老墨的人很多，但研究墨在全世界分布或使用情况的专著却没见有过出版，也许有人在研究，这却让人无法得知。若有人在写这样的书，希望里边有在腌鸡蛋上写墨字这一条，把盐水与墨的关系也一并说清。

说到用墨，还是以研墨为好，而把古墨说得神乎其神却是一件十分好笑的事，墨一过五六百年，若再用有诸多不便，蘸在笔上一如以笔濡沙。但新出的墨胶往往又太重，而如果把它放上二三十年，却是最好用的时候。

砚　田

　　鄜乡把砚叫作"砚瓦"，发音听来却是"闫王"。此音定是很古。及至后来陆续在鄜乡古董肆收到几方辽代的澄泥砚，形制俱作"凤"字，见棱见角，击之作金石声。砚背往往是竖两排各四字的作坊字号"西京东关小刘砚瓦"。鄜乡之东关临河，此河当年水大流深，做澄泥砚怎么离得开河？他乡只叫"砚"，鄜乡却叫"砚瓦"，是由来已久，至今听来，殊觉亲切。

　　小时去学校上课，有一节课便是写仿。先从红字描起，然后再慢慢进阶到用麻纸。那时的麻纸真是结实耐用，正面写完再写反面，老师在上边用红笔再勾圈，两面写完，那麻纸还有用，过年刷房打仰尘离不开此纸。至今想来，犹如一梦。

　　小时写字，使一铜墨盒，很小，正方，盖子很紧，里边放些丝绵，家大人总是让把墨在家里先研好，再倒在铜墨盒里，有丝绵在里边，即使路上不小心打翻，也不至于泼洒。没有铜墨盒的同学便只两手端了上边有一个尖尖小嘴的石砚，走路俱是小心翼翼。那时用墨，便是小锭的"金不换"，那时好像也没什么墨汁，写字必要研墨。"金不换"至今听来亦不觉其俗，倒觉其好，有劝导之意在里边。若是大锭的墨，便必要用薄纸卷紧打蜡封死，用的时候研一阵便把纸慢慢剥下去一点，墨便不开裂。现在我用的墨是 20 世纪 70 年代上海厂的老墨，一盒六锭都用纸蜡封固，用一锭开一锭。如剥糖果，其香湛然，积习如此，再难改变。

从小用砚，是家中的一方老端，洗净做猪肝紫，上边刻有瓜和瓜蔓。每上写仿课，总是先用这个砚把墨研好，这砚却没有那尖尖的嘴，研好的墨汁往铜墨盒里倒总是会弄得淋漓满手。家大人会说："快快快，出去洗，出去洗。"出去去什么地方洗？去葡萄架下的水池里洗，一洗两洗，池水俱黑。

小时用墨，总是"金不换"，这非但只是鲁迅老先生在那里用，是人人都在用，不值得就此做什么文章。用笔，总是"横扫千军"，其实是很一般的笔，还要有一个铜笔帽。有时候毛笔的笔头掉了，家大人会用一点点熔化后的松香再把它"焊"在笔杆上，这"焊"字用得真是好，听起来让人觉着亲切——"用松香把毛笔笔头焊一下"。那时候，笔头总是掉，家里总是有那么一大块松香。

现在用砚，积习难改的还总是用那个小圆砚，如洗净，此砚亦作猪肝色，却很发墨，上有一圆盖，圆盖上刻一枝梅。多少年用来，好像是，若想换一方砚来用就有些对不起它的意思在里边。曾听李国涛先生说，他小时候家里的砚可以砌一堵小墙。他的父亲画山水学四王，他把画拿给我看，笔墨真是清爽得很。

朋友之间送砚送笔送纸，真是风雅得透彻。而许多的砚其实现在都很寂寞。杨春华女士上次来家闲坐，说她没事玩壶，一把一把轮流当值在手里摩来摩去，终至包浆日厚，我的习惯却是隔一段时间就把砚拿出来摸摸看看。在心里竟生出一些惭愧之意，若轮着用它，一时还怕用不过来，虽说现在把砚放在水龙头下"哗哗哗哗"地洗很容易，但也是给自己找麻烦。家有百砚，要用的也只那一两方。

　　金冬心的文集里最好看的文字，我以为是那些牛肝马肺俱有品题的"砚铭"，起码是我喜欢。砚之上品，我以为应该是非方即圆，方圆之下，长方亦可。

第二辑

素食在上

冬日晚餐

已过三九，天自然是奇冷，但冷到男人们出去撒尿都得带根棍子的事却没有听过，鄙乡有句老话是"三九天不出门赛过活神仙"，若能如此，即使不能成仙也是福分不浅。而我现在就是这福分不浅的人，不出门，坐在阁楼的窗前一边晒太阳一边读书，而恰好手边有两本书，一本是竹峰的《不知味集》，一本是华诚的《草木滋味》，读这两本书，在我就像是吃零食。我本不是喜欢吃零食的人，但用吃零食来形容读这两本书我以为真是再准确不过，吃零食不为求饱，只为品它的滋味，这便是文章的好，一般的文章让人知道些世事，好的文章才能让人一品其味。《不知味集》《草木滋味》，只这书名，便让人觉着好，让人放松。我读书的习惯是随便翻到哪里就从哪里读起，恰就翻到了竹峰的那篇《咸》。我个人是比较喜欢吃咸的，记得某日在饭店吃饭，就听旁边有人一坐下来就问服务员，"有咸菜吗？"便知是碰到同党了。我在家吃饭，是必要有腌菜。自己家里腌的是东北酸菜，腌这种菜是不放盐的，把大白菜一劈两半，在开水锅里拉一个过儿，放凉了再码在缸里。这和桂林的腌酸笋一个意思，腌酸笋也不用盐，也只是把竹笋在开水中过一下然后就那么泡在水里让它自然酸，而它居然就自己酸了。这个酸和加了盐的酸大不一样，怎么个不一样，你必须自己去吃才会知道。东北的酸菜白肉必须要这种酸菜做主才是正味，还有就是东北的酸菜馅饺子，必须是这种酸菜，就像是桂林的酸笋，会让人上瘾。酸笋的味道真是很冲，你在家里做酸笋，在案板"嚓嚓嚓嚓"切那么一小块，但屋子里分明已经满满都是那个味。什么味？说不清，真是说不清。竹峰说的咸菜煨豆腐不知用的是什么咸菜，但他说只要下点雪他家就必吃咸菜煨豆腐，这真是忽然让人想念起咸菜来。看看窗外，像是不会下雪，但我突然决定晚上要吃一次咸菜煨豆腐。在鄙乡，可以用来煨豆腐的腌菜照例只有雪里蕻。雪里蕻长得很像是芥菜，但它肯定不会是芥菜。刚刚腌过二十多天的雪里蕻最好吃，以之煨豆腐可真是鲜美，以之炒碧绿的蚕豆更是下饭。南方的朋友昨天刚刚寄来鲜笋，朋友怕鲜笋在路上冻坏，毕竟已是三九天，所以还用两件旧衣服把笋包得严严实实。我从中摸出两个，是那种最好的小笋，晚上，我决定用它炒一个腊肉，再做一个咸菜煨豆腐。这样的两个菜配一碗米饭可以说是一种享受，是朴素的享受，而唯有朴素的享受往往才能让人品出真味。

　　吃晚餐的时候，我想外边最好下一点雪，既然上海、杭州那边都在纷纷地下，鄙乡如果再不下，好像真是有点说不过去……

素食在上

马上又要过春节了,无论怎么说,春节都是中国人最大的节日,过去那句话是说到家了,就是"有钱没钱,回家过年"。还有一句话是"有钱没钱,剃头过年"。可见,年在中国人心目中的重要性。好吃的,好穿的,好看的,好听的,一年到头,都好像是为了春节而准备。春节的时候,如果谁不小心打了什么,也都马上会被一句"碎碎平安"了结,不会像往常那样被责备或挨骂。春节的第一个大节目,不用问,当然是吃,这要在一入腊月就开始准备,该腌的腌,该煮的煮,民间的喜气与生活味都在这里。比如,种一盆子葱,要看那一盆绿意;比如,要生一盆豆芽,民间的说法是发,要发起来,过日子要发的意思。劳累一年的家庭主妇在过年那几天也要休息,所以在年前要把能做好的东西都做出来,做好,放在外边的凉房子里去冻好。比如准备用来包饺子的菜馅儿,胡萝卜,剁碎了,入开水里汆过,用两只手把水分挤去,再用力把它们搏成团子,一团一团地冻出去。比如白菜,也细细地剁碎,也入开水锅汆了,用两手挤去水分再搏成团子,也冻出去。还有蒸花馍,一下子蒸许多,也都是蒸好晾凉放外边去冻,吃的时候拿回来放蒸笼里用热气一打就行。东北的黏豆包,一下子要蒸出许多，几袋黄米面！蒸好也照例是要冻出去。还有就是饺子，过年要吃的饺子大都是年前要包好的，全家人坐在一起包，这种馅那种馅，各种的馅都包好了放在外边去冻，吃的时候拿回来煮就是。而年三十晚上包的饺子更接近一种仪式，一种象征。中国人的春节，是一个要人人都喜欢的节日，也是争取能让人人都歇息一下的节日，春节的时候可以打麻将，可以和朋友们从上午喝到下午，小孩儿们可以提个小红灯笼到处走到处去玩，玩饿了，回来开怀大吃。

　　说到春节，让许多人怀念的还是吃。其实不但是人，村子里，连老牛们怀念的也是吃。一入春节，是要必备素食，胡萝卜、炸豆腐、木耳、鸡蛋、韭菜，用香油一收而拌的素馅闻起来真是香，用这种素馅包的饺子煮好后照例第一碗是要端给老牛，牛在地里辛苦了一年，这碗饺子理应当先给它吃。北方的过年习俗是，年三十大鱼大肉，各种平时很少吃到的都要端上来，而大年初一却照例是要把年夜饭清理一下，叫作"接年饭"，意思是好的，是说家里有，去年的东西一直吃到今年还有。年三十那顿饭，无论什么菜什么饭讲究都不能吃光吃净，就是要剩一些，叫作有余头。到一过了年三十就又是一年，新的一年还能吃到过去一年的饭说明这家人有。而到了初二，却必须要吃素食，素饺子，素佘饭。连吃了两天的大荤至味，素食才显出它的好。北方人为了过年而专门做的素佘饭可真是香，先是用小米捞饭，把金黄的小米在锅里煮八成，然后捞出来，等它冷一冷然后搏成团，金黄金黄的小米搏成一个团一个团放在外边让它去冻，腊月天室外滴水成冰，小米团很快就会冻得铁硬，然后把它们放在一个缸里，这样的小米捞饭要做许多。然后是要做各种菜团子，也是搏成团放在外边冻，等到吃素佘饭的时候把它们拿进来就是。素佘饭里最不可缺的是油豆腐丝、黄花丝、菠菜丝，还有腌过的那种胡萝卜丝，吃佘饭用的胡萝卜必须是腌过的才好。在北方，人们年年都要腌菜，而菜缸里必会腌一些红红的胡萝卜。吃菜馅炸油糕，馅子里必得有这种腌过的胡萝卜才有味道。在乡下，吃油炸糕要同时上粉盘，那一大盘拌粉里也照例离不开这种腌过的胡萝卜丝，一是口味好，二是红红的好看，是二好！大年初二吃素饭，从养生上讲是可以让肠胃休息一下，换换口味。素饺子，口味素淡，同时上桌的素菜比如豆腐丸子，比如拔丝荸荠，比如清炒黄豆芽，比如韭黄炒鸡蛋，都爽口可爱，然后是一碗豆苗汤，味道再来一个小高潮，这顿素饭可真是好。而佘饭好像比素饺子更受人欢迎，佘饭的香离不开北方特有的胡麻油，饭里有各种的菜，早早搏在一起的菜团子在外边冻过，味道也像是变得更加香。这个佘饭好像必用小米来做，还没见过有谁用大米捞饭来做。

过春节，怎么也要吃几回素食，素食的意义其实就是好吃而已，没什么别的意义，是好吃，换口味，如果非要把素食和养生拉在一起来说，一时还怕是说不清。总之，春节马上就要来了，准备好你的胃口，准备迎接素饺子和素佘饭。这是北方。南方在春节的时候吃什么素食，希望朋友们告知。还要说的一句话是，北方农村把素饺子端给老牛的时候总是要说一句话：素食在上，一年辛苦。

是的，一年辛苦，素食为上。

冻秋梨

马上老弟：

  这次你去广西，想必没有好好喝过一顿酒，一是人生地不熟，二是忙。冬天已经进行到了三九，如果能喝酒，每个人都应该喝那么一点，三杯五杯，用那种小瓷盅。酒当然是以白酒为好，在这个季节，度数也最好要高一点的那种，而且，最好让店家把酒给烫一下，一如古典小说《水浒传》里所说，"牛肉切两盘，酒快快烫将上来。"我们家大人喜欢喝热酒，即使是天热的时候也要把酒烫一下，那种烫酒器，我跟你说，最好的应该是锡制品，一个小茶杯状的筒，是放酒的，而这个筒要放到同样是锡制的一个小罐里，那小罐里是热水，现在的酒店里还有这东西。你如果没用过这种烫酒器，你就去和平门的咸亨酒店"酒要一壶乎，酒要两壶乎"地要上来，等描眉画眼的女酒保把酒一端上来，你一看就会明白了。喝热酒的好处据说是写字的时候手不打战，当然这不是我所说，而是《红楼梦》里贾母所言，怕宝玉喝了凉酒写字手不好使。但以我个人的饮酒经验而言，酒热与不热与手无关，有人不喝酒写字手也照样打战。但酒喝多了，尤其是连着喝几天大酒手也许会打战，这样的话，你就要停一停不要再喝。

数九天，尤其是三九四九，外面下着搓棉扯絮样的大雪，远远近近一片白，那可真是喝白酒的好时候，但你喝的时候一定要把酒烫过，热酒的好是好在一经加热酒的香气就特别醇厚，起码闻着是这样。几个人坐在那里喝凉酒和喝热酒大有不同，空气都好像不一样，喝热酒，就着刚刚炒出来的葱爆羊肉或者是韭黄炒鸡蛋，空气中的味道就十分诱人。说到韭黄炒鸡蛋，韭黄和韭菜像是差不多，但炒起鸡蛋来，韭黄好像特别冲，我说的这个冲只可意会，是既在鼻端又在舌端而且还在空气里。在这个季节，韭黄就好像要比韭菜好，说到味道，还真让人不好说。韭黄其实是应该叫蒜黄，和韭菜本不是一回事。而数九一过，春天到来，刚刚长出来的那种大约一拃长的鸭头绿春韭可真是美，所以吃东西是要讲季节的。在这天寒地冻的数九天，你喝酒的时候非要来一个拍黄瓜，店里不会没有，但这个时候要这个菜就不对路。这个时候喝酒，高度酒热好几壶放在那里，与之最搭的应该是个火锅，火锅的好在它总是沸腾着，以它的热去搭配酒的热，这才是数九天的酒。

数九天喝热酒，喝到最后，我告诉你，有一美物，是咱们东北的名物，你要事先让饭店老板给你准备好，当然这不是所有饭店都能够办到的事，但你要是在东北馆子喝酒这美物一定会有，那就是冻秋梨。喝酒之前，你要对饭店服务员先讲好，"换一盆秋梨预备着。"这个"换"字可还真不好理解，有人说这个字应该是"缓"，而我始终认为是换，用凉水把秋梨内部的冰给换出来，换好的秋梨从水盆里拿出来是亮晶晶的，梨外面是一个冰壳子，但那冰壳子一敲就掉，而里边的冻秋梨早已经变成了一股水,你吸就行。喝过一场热酒,每人再吃两个换好的冻秋梨,这真是数九天的美事。

你这次去广西,然后还要再转道去上海附近的嘉兴,我想,酒你是没法好好喝了,但可以大吃粽子。嘉兴的肉粽天下第一,但吃肉粽可以就酒吗?数九天的热粽子就热酒,我真想知道有没有这么一回事。如果有,你好好就着滚烫的肉粽喝它几杯;如果没有,你可以开一下风气,喝给他们看。但是,肯定一点的是,你吃不上咱们老家东北的冻秋梨。

我要对你说的就是这些,外面的雪更大了,我遥敬你一杯。你若能早早赶回,我给你换一盆冻秋梨,当然,你必得喝过一斤高粱老酒我才会给你。

行酒令

这几天与朋友喝酒,便想起家父喝酒的事。东北人喝酒向来是比较爽利,而记忆中的事是家父整日在那里喝酒,却又是一件让人讨厌的事。我至今喜喝烧酒恐怕是和家父分不开,家父对酒,向来是不喜曲酒,家里做菜也要用烧酒。葱爆羊肉这道菜,要想好,必得用烧酒烹它一烹,烧酒烹下去,火"轰"地起来,这个菜才好吃,用料酒则没那个味道,北方的老黄酒更不行,太甜。真正的喝酒,菜倒在其次,大鱼大肉地上来倒不为好酒者所喜,盐煮花生米简单的一盘或者再来一盘猪头肉,慢慢地一边喝酒一边说话,一粒花生米要分两次吃。这是真正的喝酒把式所为。

家父喝酒,很少行酒令,只记得有一次家父和他的朋友说起喝酒划拳的事,一时兴起,"螃蟹一呀,爪八个呀,两头尖尖这么大的个儿呀"地行起酒令来。这个酒令的有趣之处是在于如果一路念下去就会像学算术一样不停地加来加去,"螃蟹俩儿呀,爪十六呀,两头尖尖,这么大的个儿呀。""螃蟹三呀,爪廿四呀……"如此一路加下去也挺有意思。家父不爱斗酒,喝到兴头只把那本母亲叫作"酒鬼书"的书取过来翻,随便翻,翻到某一页,该谁喝谁就喝,也大有意思。比如这一页是画了一个古时的小脚女人一左一右挑了两大桶水在那里蹙眉踮步，而在这幅画的旁边便写有"翻到此页者左右宾客各饮一大杯"。或者是画面上画了两个人正在交头接耳，旁边便写有这样的话："席上交头接耳者饮。"父亲很喜欢这本软软的线装书，一本书，酒友们轮着翻，一圈儿下来谁都不少喝。母亲把这本书叫作"酒鬼书"。有一次，父亲找它不见，问母亲，母亲说大概在镜子后边。父亲抬手去镜子后边只一摸便找到了它。这本书后来归了我，再后来一个朋友看着好玩儿，拿走和他的朋友们去"左右各一杯"或"交头接耳者饮"去了。

喝酒多年，知道划拳行酒令的事，也知道划拳的规矩，比如划拳的时候你就不能伸出一个食指对人，更不能伸出一个中指给人看，出一个手指的时候小拇指最好也收起来。鄙人酒量虽可以不给东北人丢人，但鄙人向不擅大呼小叫，所以至今还划不来拳。酒令却记下了几个，补记于下，其一是："一挂马车二马马拉，车上坐了姊妹俩儿，大的叫金花，二的叫银花，赶车的就叫二疙瘩，嘚驾，二疙瘩，嘚驾，二疙瘩。"其二是："一根扁担软溜溜，我挑上黄米下苏州，苏州爱我的好黄米呀，我爱苏州的大闺女，俩好呀，大闺女，三星照呀，大闺女。"其三有大不雅处，却不啻是一首绝好的民间叙事诗，记如下："赶车倌儿，笑嘻嘻，拿着鞭杆儿捅马Ｘ，马惊了，车翻了，车倌儿的玩意压弯了。"这一酒令虽俚俗不堪，却十分平仄上口，而且在中间很巧妙地还转了一个韵，亦可为初学写诗者做范本也，想必，拍微电影也会叫座。

冬笋帖

竹笋之好吃，在于其滋味鲜美，但若只用白水煮而又要你天天连着吃，便也是大难事。竹笋要想好吃，必要用有肥有瘦的五花肉去慢慢煨它。以竹笋入馔，第一要义就是要油大，上海老牌子的梅林罐头油焖笋，笋几乎都浸在油里，家里人吃这个罐头，向来是先把笋吃掉，然后用里边的笋油炖豆腐，是一点点都不浪费。笋一旦被掘离泥土，隔一两日便会发麻，须用开水焯一下。至于苦笋，既有著名的《苦笋帖》，相信古时就有人喜欢它，一如现在的有人纷纷喜嗜苦瓜。笋除了苦，尚有酸，桂林酸笋的味道给人的印象亦是深刻。吃米粉，若是既有酸豆角又有酸笋，相信许多人会偏向酸笋。诗人画家的谷主告诉我，桂林的酸笋又叫"吊笋"，而到底是哪一个"吊"字，尚有待考证。乙未年我在北京，国祥请我吃他从家里带来的竹笋，是在新昌的家里做好了用大罐头瓶装到北京，据说是只用水煮，当然要有油，味道极其鲜美。承他美意送我两罐头桶，带回家来，家里人吃了都说鲜，因为好吃，竟至不舍得吃，原计划放在冰箱里慢慢吃，想不到后来竟然坏掉大半瓶。国祥家住新昌那边的山上，是遍山的好竹好茶，他虽把竹笋与茶看得很贱，但若论懂它，我想起码是我的朋友里边没有人能够超过他。我画竹笋,他看了就开玩笑说:"笋篰头画成皇冠了,足见待遇。"玩笑话归玩笑话,但你对北方人说"笋篰头",恐怕是十个人倒有九个不会懂。年前,南方作家陶群力寄来上好的笋子,是那种小笋,只有拳头大,论其形便不是画上的那样,却是国祥所说的那种,笋篰头还在,是两头尖跷跷,必得在根部切一刀再剥剥它才会像皇冠。而画家笔下的竹笋无一例外大致都是剥过切过的那种,如果照实画来两头尖尖,一是不好看,二是有时候会让看画的人弄不清这是什么东西。群力于隆冬从南方往我这里寄一箱冬笋来,却正好碰上北方的寒流天气,气温忽然低到零下二十四度,那竹笋在路上便早已冻得像石头,但拿来做菜,味道却不变,可见竹笋是可以冷冻而致远的。又问问南方的朋友,亦说是可以把竹笋放在冰箱里冷冻,但不能把笋衣剥去,临吃的时候再把笋衣剥去,会保存很长时间。现在天气又转暖,露台上和屋顶上的雪都化得滴滴答答,却又发愁群力寄来的竹笋化了怎么办,所以现在是天天在吃竹笋,用贵州和湖南的腊肉炒笋丝笋片,味道真是好,剩下的准备放在冰箱里慢慢去吃。

说到冬笋,其实除了吃就是吃,原没什么好说。著名的天目笋就是用来当零食吃的东西,味道很美,一长条笋,腌了晒,晒了腌,然后盘在一起,以之喝茶最好,但如果用来下酒却未必好。天目笋现在的做法很多,而最好的就是那种腌过晒过半干不干的,既有嚼头又有滋味。把这种笋用水泡泡切很小的丁做素包子,味道真是好。但这个包子南方人做来滋味要比北方的好,北方人不善于吃笋是因为北方是既无竹又无笋。

老油条

从小到大,最常吃的早餐就是油条和豆浆,一碗豆浆,两根油条,再来一小碟老咸菜,这个早餐就打发了。各种的油炸食物里,要说油条怎么个好还不好一下子说清。油条要吃刚刚出锅的,嚼上去会"吱喳"有声,概因为其脆,外面是脆的,而里边又是松软的。有人喜欢一手持油条一手持筷子,把油条在豆浆里浸浸吃吃,再就一点点咸菜丝。这种吃法有点委屈油条,油条就是要吃那种口感,油条有特殊的香气,其实是矾的味道,做油条离不开矾,离开了矾就不蓬松。一般来说北方的油条要比南方的油条好一些,南方许多地方的油条只堪称为油棍儿,既细且硬,拿在手里不像个东西。而这次去泉州,吃早餐的时候却看见了好油条,既粗且大而且中空,便不免一连吃了许多根,就豆腐脑,很香。一般来说,吃油条都要到早点摊子上去,在家里炸油条,不是没有,但很少,首先要支一口比较大的锅,还要放许多的油,很不方便。汪曾祺先生说他会用油条做一道菜,就是把吃剩下的油条切段,里边塞那么点馅子下锅再炸,要炸好便马上吃,又脆又好吃。而这道菜实在是家常,几乎是人人都会做,只要你愿意做,但切成段的油条里最好塞鸡蛋和韭菜做的那种馅子,做这个馅子不能用素油,素油很难使馅子团在一起,最好用猪油炒鸡蛋,炒好了鸡蛋再把切好的韭菜拌进去，因为猪油的缘故，这样拌出来的馅子会抱成团，也才好塞到油条里边去。一段一段的油条塞好馅子后还要在面糊里拖一下。面糊不能太稠，做这种面糊的时候要打颗鸡蛋在里面，拖了面糊的油条才能下锅炸，才不至于把里边的馅子给炸出来。这个菜味道说不上太好，但也不错，吃的时候照例"吱喳"有声，很是热闹。有见喝皮蛋粥的，把油条切得很碎放在粥里，味道也不错，而如果喝那种白粥，把油条一小段一小段地放粥里完全泡软和了，是另外一个味儿，也不能说错。

　　油条在中国，是极为普及的食品，一般都用来做早餐，中午饭和晚餐吃油条的就很少，但不是没有。油条之所以叫作油条，是因为它就是那么一条，既经油炸，便被名为油条。这本不难理解，但在中国有句接近骂人的话就是"老油条"。常见一个人骂另一个人："你这个老油条！你这个老油条！"而如果细细地分析起来，谁也说不好"老油条"这三个字是什么意思。一种解释是油条炸老了，又硬又黑不好吃；再一种解释呢，好像根本就不可能再有另一种解释。而相对而言，既有老就有嫩，如果说老油条不好解释，而嫩油条这一说法就更站不住脚，有些中国话，只可意会不可言传。

　　早上起来，我如果去跑步，便一定要吃油条，还一定要刚出锅的，在锅边守着，等它热腾腾地现炸出来，再要一碗豆腐脑，当然还要有一小碟咸菜丝，黑乎乎的那种，俗称"棺材板"。就这样的吃法，几乎天天如此，多少年下来，居然还没有吃腻，时间长了不吃，还会想念，还会觉得不自在。

　　想念油条，这是什么话！

清粥谱

　　清早起来能喝到一碗热乎乎的粥是幸事,一是厨下要有米,二是要有人能够给你熬。晚上能喝到一碗清粥亦是幸事,还是一是要厨下有米二是要有人给你熬,喝完粥在灯下看一会儿书,唐诗或宋词乃至明清谈鬼的小说慢慢一字一字读来,身心一时俱是清净。说到喝粥,就粥最好是小菜,保定的酱八宝或六必居的姜丝菜或是桂林的乳腐均可,这是晚上。如果是早上喝粥,最好来一颗高邮的双黄咸鸭蛋,高邮的咸鸭蛋之好,汪先生已经大说特说过,这里不必赘言。喝粥就是喝粥,除此,再不要别的,才算是喝粥。喝粥若是大张旗鼓地来许多菜便不是喝粥。品茶,喝粥,多少有些禅意在里边,就在于它的简单而味道绵长。说到白粥,也就是别的什么都不放,只放大米或是小米,便是白粥,这是白粥和八宝粥、绿豆粥或红豆粥的区别。各种粥品,以白粥为上,喝白粥宜用黑瓷大碗,碗中若有喝不干净的地方,一眼便能看到。是为喝粥。

绍兴酒

家里以前煮鸭子，动辄离不开绍兴酒，那种挂酱色釉的小坛子，一坛子装五斤，一只鸭子放半坛子酒，鸭子还没煮熟，满屋子都已经是绍兴酒的味道。

北京的"孔乙己饭店"不止一家，几乎是，无论哪一家，店门口都堆着些放绍兴酒的白泥头酒坛子。国祥请我和刘庆邦、李云雷在那里喝酒，大家说好了每人先上一大壶，然后再上一大壶，然后再上，还是每人一大壶。大壶是一斤，小壶是半斤，三大壶就是三斤，那次真是有些喝多了，送庆邦出去，看他一晃一晃往远了走，真怕他摔倒。那次喝酒要了臭卤干子、咸鱼，还有咸肉饼，喝绍兴酒不可不吃这三样，借此可以体会一下江浙一带的饮食风尚。坐在那里，忽然就想起了鲁迅先生《风波》里边描写的那碗白米饭，上边是一条乌黑的乌干菜，白米饭乌干菜，想想都有些让人动心，但孔乙己饭店里没有这样的饭，及至到了绍兴，也找不到这种饭，想吃这样的饭，看样子得坐了乌篷船去找闰土的后代。

绍兴酒与烧刀子的老白汾相比，可以说是气味"温良"，不会一上来就吓你一跳，一如六十多度的老白汾，放在鼻子跟前，还没等喝，一股子酒的"杀气"便直冲脑门儿。而绍兴酒却是先让你放下了一切戒备,那个醉是慢慢慢慢积蓄起来的醉,一旦醉倒,要比白酒都厉害。绍兴酒要热了喝,没见有人喜欢喝凉绍兴酒,但在绍兴酒里又是放红枣又是放话梅却大不可取,是乡下产妇的做派。我喝绍兴酒什么都不加,来一块干蒸咸鱼,慢慢撕了就酒,或来一个蒸咸肉饼,一点一点用筷子夹了就酒。茴香豆现在几乎是所有绍兴饭馆的招牌小菜,实际上这道小菜可以说是普天下都有。我家常年备有一大瓶小茴香,煮豆、煮鸡蛋、煮花生米都会放一些茴香在里边。

绍兴酒得一"厚"字,那当然要是好一点的绍兴酒。喝绍兴酒,最好有一杯日本清酒在旁边,对比着品一下,你就知道什么是酒之薄,什么是酒之厚。或者是再有一杯高度烧刀子,你就更会知道什么是酒的温良,什么是酒的烈暴。

冬日暖阳,晒着那让人动辄起倦意的暖阳喝一点绍兴酒很写意。而窗外若是漫天风雪,再加上老虎叫样的老西北风,那你就最好喝高度的烧刀子,烧酒热肠,风雪高天,别是一种境界。

喝酒为什么?有乡下民谣如此说:"喝酒为醉,娶老婆为睡。"此话虽俚俗,却不无道理。喝酒不醉和喝白开水又有何异?醉亦无妨,但最好不要大醉,予以为以半醉为佳。真正的喝酒,不必大酒大肉,两三个知己,四五碟下酒物,足矣。

角　黍

五月端午必吃的食物是粽子，关于这一点，从南到北并没有什么两样。古人把粽子叫作"角黍"，是因为粽子有角。粽子一般都是四个角，三个角的也有，但据说还有能包出五个角的，《太平御览》卷八五一引晋周处《风土记》："俗以菰叶裹黍米，以淳浓灰汁煮之令烂熟，于五月五日及夏至啖之。一名粽，一名角黍。"古人包粽子用黍米，黍米即黄米，黄米很黏，味道亦特殊，昔时人们祭祖是必用黄米，一碗黍米饭蒸熟，黄澄澄供在那里亦真是好看。若此时派糯米上场，恐怕就要被比下来，虽然糯米洁白，打年糕离不开它，但白花花的供给祖宗好像不那么好看。

说到粽子，当然离不开包粽子的粽叶，最好是苇子叶，水泽河汊处到处长有这种水生植物。但一种说法是包粽子要用新鲜的碧绿的那种，另一种的说法倒是一定要用隔年发了黄的，据说味道更浓，这倒让人不敢一下子就表示反对，就像是我们吃的蘑菇，鲜蘑菇怎么也比不过干制的香一样。但要是画粽子，白石老人画的是那种碧绿的粽，如果用赭石画，也许会被人错认为是摆在那里的一两块石头。吃粽子要蘸饴糖，或者是玫瑰糖卤。没有听过谁要吃咸粽的，比如把雪菜包在粽子里边,像吃雪菜炒年糕那样。当然肉粽子是咸的,但即使肉粽子是咸的,也很少见有人要一小碟酱油过来蘸粽子吃。

粽子在中国可以说是一种特殊的食品,一是要在一定的时间里吃,当然你开一个粽子铺长年在那里卖也不会有人来反对;二是它不能拿来当作整顿饭的来吃,也只能像是吃点心一样吃一两个,然后该吃什么再吃什么。鄙人对于粽子的态度向来是喜欢肉粽,那种大肉粽,油汪汪剥一个在碗里,无端端看着就有一种富足感。吃的时候还真是要蘸一点点好酱油。一边吃这样的肉粽,一边再喝一点绍兴酒而不是什么雄黄酒,雄黄酒向来也不是用来喝的,而是用它在小孩子们的额头上画一个"王"字或点几个点。雄黄有毒,怎么能喝?京剧《白蛇传》里许仙让白娘子连着喝了几杯雄黄酒而且他自己也跟着瞎喝,这真是让人担心,好在那也只是戏文,如果过端午节,人们真像许仙那样都纷纷地喝起来,到后来不是被蛇吓死而是早已被雄黄毒死掉。民间的端午节这一天调一点雄黄酒,也只是这里点点,那里点点,大人们是手心点点,脚心点点,小孩儿们是额头点点而已。还有那艾草,拿来剪做剑的形状挂在门头,其用意不必细说,民间的各种禁忌说来皆有仙鬼在里边,民间的生活也缘此而丰富。

每年一次的端午节,后天便又是一回,原本想写一点纪念屈原的文字,却忽然把话题扯到角黍上来,也正好借此说一回雄黄的不能喝,文章也便找到了这个结尾。

田鸡灶鸡

　　家里来客人,有时准备不及饭菜,鄙人往往会让内子炒个鸡蛋救急。炒鸡蛋是道极容易做的菜,十个人至少有九个人都会做。鸡蛋是既有营养,又有多种做法,早上起来蒸一个鸡蛋糕,用不了多长时间就可以端上桌子,倒点酱油即可,或者是白水窝鸡蛋,也就是荷包蛋,也只需倒一点酱油;或者还可以撒些香菜末,如果有的话。香椿下来的时候是更不用说,鸡蛋和香椿一道炒也很好吃,鸡蛋和西葫芦做馅儿的饺子更是素淡可口。而鄙人现在这个家的阳台是特别地大,而且是南北各一个,便种了许多盆的薄荷,突然从鸡蛋说到薄荷,也就是想说说鸡蛋炒薄荷,其实亦是一道很好吃的菜。鄙人还喜欢用极辣的辣子炒鸡蛋,是十分地下饭。鸡蛋的好,还可以做成变蛋或简单放点盐腌一下,夏天喝粥最宜。鸡蛋和西红柿也算是佳配,炒也好做汤也好,红黄二色均易增人食欲。鸡蛋之好,还有就是它先天的包装可以说是十分完美,真正是严丝合缝,放在凉快的地方一个月不应该有问题。所以不少人家一年四季总是储有鸡蛋。而鄙人早上喜欢吃的另一种东西,就是酒酿鸡蛋。酒酿是超市上的那种,吃完一罐,再开一罐,如果碰巧还有汤圆,鸡蛋酒酿再加上几个汤圆,夫复何求?

鸡属禽类，种类极多，但无论再多，一如民间的顺口溜："天下活物多的来，也只公母两样哉。"说到鸡，除了会生蛋的之外，还有别的鸡。民间的灶头，到了晚间会忽然让人听到"唧唧"之声，却是灶鸡在叫。灶鸡实是蟋蟀之一种，而它的习性是专门生活在灶间，昼伏夜出，专门吃人们剩下的米粒或别的什么，到了晚间便"唧唧"起来，也颇不难听，其模样可以说是蟋蟀的表兄表弟，只不过须子和腿显得更长一些。此虫虽善鸣，却不见有人养来听其鸣，而北京十里河的虫市蛐蛐、油葫芦、竹蛉种种多矣，而独不见此灶鸡。说到鸡，还有一种也叫鸡的动物却是生活在水域，即俗称"田鸡"的青蛙也。酒肆饭庄的下酒菜"椒盐田鸡腿"，据说美味，鄙人却不肯领教。小时游泳，那种绿脊背红肚皮金眼圈的青蛙着实不难看，而把它捉来剥其皮而食之，怎不让人心生不忍。

俗名"田鸡"的青蛙，在夏夜鸣叫起来，其声音可以传出很远，实在是有扰人的清梦。而古诗"稻花香里说丰年，听取蛙声一片"，那大概是在白天，人人都没有睡意，喝一点酒，但也不可能有稻花在旁边，没人会在稻田边上放一张桌子又吃又喝，所以诗只能当诗读，真正生活起来根本就不会是那样。而灶鸡的叫声却实在是不难听，很低，时断时续，若远若近，正好助人清梦。

浆水面

北京的炸酱面是我喜欢吃的，尤其是新蒜下来的时候不吃一两回炸酱面好像就不行。要是问怎么个不行，也说不上来，口腹之欲就这样，说不出来，心里还没想明白要吃什么，但脚已经朝那边走了。北京的炸酱面这几年不行了，是越来越不行，酱不好，菜码也不地道，总之不是以前那个滋味。因为喜欢吃面条，有一阵子总是到处找各种面条吃，那天忽然就发现了光明桥东北角上"食唐"饭店里的陕西浆水面，实在是好。那一阵子，我喊云雷一起去吃；一阵子，我喊国祥去吃；再一阵子，我喊燕召去吃；或者招一帮子七七八八的人一起去吃。最近又拉了洋子去，他吃了说好，第一天吃下来，第二天还要吃，下次见面到了吃饭的时候，问他吃什么，居然还是浆水面。凡吃过陕西馆子浆水面的朋友都说这面居然会这么好吃。这话说的虽然不是我，也与我无关，但我听了高兴。吃浆水面要那种很宽的裤带面，细面口感就不好。面食在中国由来已久，新疆就出土过几千年前的面条，但古人为什么把面条叫作汤饼，我却说不上了，也不用去管它，我们也管不了。浆水面到底有多好吃？像是也说不来，就是想吃它，不但吃，还到处对别人说它的好，当然是快要到了吃饭的钟点。原以为浆水面是陕西的特产，想不到山西也有，前不久诗人吴炯发过照片来，说另外的一个诗人玄武给他从家里带来了浆水，他特意做了浆水面拍了照片让我看。我说你这面里怎么会放豆腐，也更不能七七八八放那么多别的菜，而且面一定要宽的那种，也就是陕北人说的裤带面的那种，而且面条一定要占到碗的三分之一，汤倒是碗的三分之二，浆水面更是如此，原来是要喝那酸酸的浆水。一碗面，七说八说几近教学。然后又细细把怎么做浆水教学一番：好的浆水面只要芹菜来做主，把芹菜切段，用滚开的煮过面条的面汤一下子泼进去让它发酵，这发好的浆水日后便有了芹菜的香气在里边；还要有韭菜，切段用猪油炒，素油是不行的，炒几炒放在煮好的面上后再加浆水，一定是汤多面少。这比较接近张爱玲的吃面标准，张爱玲自己说她吃面只喝汤，一碗面条只挑几根把汤喝光了事。如让她去武汉给她吃热干面，不知她会不会皱眉头。上海的葱油面亦如此，干干的一碗就是没有汤。我独居在家喜欢做一个面给自己吃，就是先把鸡蛋和西红柿炒好，另一个锅用来煮刀削面，面煮好直接捞在炒好的鸡蛋炒西红柿里，再翻来翻去地炒，出锅时把胡椒锤子拿过来拧几拧，这说菜不菜、说面条不面条的东西十分好吃。吃两碗这样的面，再喝一碗煮刀削面的面汤，日子像是很丰盈。

　　浆水面让人有瘾。若是我一个人去吃，我一定是要一碗浆水面，必定是那种宽的裤带面，再要一个肉夹馍，然后还会再要一个浆水汤，这就足够。洋子喜欢喝酸梅汤，我在心里会想，难道酸梅汤能比浆水好喝吗，就洋子的那瓶试了一下，要说好，也只是凉，下一次去，我会要一碗凉的浆水试试。我在家里做浆水面,专门去买猪大油,猪肚子里和阗玉一般的那块板儿油,为了吃浆水面必须有它,还有新下来的蒜,买两大袋子,都放在冰箱里。新蒜也是季节性的,过了这个季就没了,在冰箱里储存它也是为了面。

  为了做浆水,每每是煮一大锅面条,煮几根是不行的,面汤要稠一些,面条多面汤才会稠,才合适做浆水。到时我会招呼人过来吃面条,前来吃面条的朋友便会嘻嘻哈哈地说:"我们实际上是帮助王先生去做浆水的。"这当然是实话,那面条煮出来是只给他们吃面条,不给他们喝面汤,面是干的,一定是上海葱油面,也省事也好吃。吃完面便喝茶,面汤是不许动,有想喝的,也不给他们喝,吃完面便上茶。写到此处,忽然觉得有点对不住帮着吃面的朋友,但下一次肯定还要这么做,所以借此文事先一并谢过诸位。

吃白饭

吃白饭讲的是什么？像是一下子说不清，但其实也好说清，就是吃没有菜的饭，是光有饭没有菜。《金瓶梅》把下饭的菜叫"嗄饭"，这本是山东地面的方言，别处不见，山西没这种说法。有人说《金瓶梅》的作者就是山西山阴县的王阁老，而他出生之地的山西山阴县也没有这样的话，可见《金瓶梅》跟他无关。说到白饭，一般人家再穷吃饭时也会有一个两个菜，白菜煮土豆或土豆煮白菜总也算是菜，再好一点可以有豆腐或粉条，北方人以前很少吃到大米，这样的土豆白菜、白菜土豆再加上窝窝头或馒头就算是一顿饭。没菜只吃饭的情况一般不会出现，即使是小时候早上上学拿一个馒头吃算早点，也会夹一根腌菜，或者是一个窝头，窝头照例要有一个洞，在那个洞里抹一点酱进去还颇不难吃。一般来说，人们不会吃白饭，但白饭有时候其实是很好吃的，比如山东的大馒头，刚刚蒸出来，你拿一个出来趁热吃，是十分地好，再比如北方的黍米糕，刚刚蒸出来，什么也不就就那么白吃，也十分地好吃，满嘴都是粮食的味道。好的新米做的饭，刚刚蒸出来，你什么也不用就，就那么白吃，也真是香，没有任何别的味道影响它那独有的粮食的味道。真正会吃饭的人，不会要那么多菜，吃一次饭来十多道菜，到后来你什么感觉都不会有。菜要少一点，味道才会突出。我爱吃的一种"白饭"是烤糕，黍米糕，也就是用黄米面做的糕，这种北方的食物热着吃很软，一旦放凉了就很硬，像块石头，如果是一大块，拿起来用其打人，如果正好是打在那人头上，被打的人一下子会晕厥过去也说不定。把这样放凉了的糕切片放在火上烤，侯两面都烤得焦黄焦黄，这糕的里面却又是极软了，这样烤出来的糕什么菜也不要就，就那么白吃，味道很好。还有人爱吃以山药淀粉做的那种粉条，亦是白吃，什么也不放，粉条下锅煮好，捞出来就那么白吃，亦有特殊风味，据说比东北的猪肉炖粉条差不到哪里去。什么也不加，白水煮白粉条会好吃吗？有人就喜欢这么吃，其微妙之处似乎不可言传。吾友绍武喜欢白吃面条，一碗白水煮面条，什么也不加，他端起来就是一碗，其滋味也只有他自己知道，但我想一定是有好的滋味在里边，我想应该是什么也不加，粮食的味道便都在嘴里了，一如我的十分爱喝面汤，把豆面条煮了，我却一根面条都不要，偏爱喝那豆面汤，是十分地好喝。粮食的白吃，是真正能品出粮食的本味。但一顿饭下来，你总是要吃菜的，鄙人以为，菜一定不要多，一碗饭，两三个菜足矣。更有甚者，只煮一盘饺子，再加二两酒，其实这才真是会吃饭的人。饺子是中国人最好的食品，是既有主食亦有菜，再加上二两酒，是什么都有了。简单有时候其实是最最的不简单，一盘饺子二两酒，什么味道都跑不了，都在嘴里，比一下子吃十多道菜要好得多，饺子的好，酒水的好，都在里边，而且能让人记住。不知道从什么时候起，我真是十分地讨厌饭局，一堆人，团团坐，吃许多菜喝许多酒,纷纷说许多过时的废话,真是浪费时间。

吃白饭和白吃饭不一样。吃白饭是不就菜,白吃饭是不花钱。

我最近奉行的是不白吃饭主义,你的饭我不白吃,我的饭也不白给你吃。但喝茶和抽烟却不在此列,而我也只是喝茶而不抽烟。最近抽过两支烟,是因为画家吕三不远千里地来了,他要我抽,我便抽起来,因为一个人喜欢一个人,那个人要你做什么你一般是肯做的,这也只是特例。

青梅煮酒

梅和杏不是一回事，青梅可以泡酒，而且是古已有之，如炮制成中药，就是乌梅，没事含一粒在嘴里，止渴生津。杏子和梅子差不多。但一旦黄熟，杏却要比梅子大许多。吾乡以北阳高一带出好杏，品种亦多，但最好吃的是外皮青绿、杏肉红黄的那种，是上品，不易得。梅子和杏子之间的区别以范成大的一句诗似乎可以说明："梅子金黄杏子肥"，大致如此。说到青梅，日本人好像离不开此物，饭团子上总是放一个盐渍青梅。

说到青梅酒，一般度数都不会高，酒席上的轰饮斗勇宜烈性酒，而泡青梅酒最宜绍兴酒或日本清酒，度数低一些方显其温良。那一年在新昌山间喝立波夫人做的杨梅酒，度数亦不高，山间风清，酒味醇正，让人至今不能忘记其味。在国外，常见梨酒，每只酒瓶里都有一只很大的梨子，梨子是慢慢在玻璃瓶里长大的，这样的梨子与别的梨子有不同的风霜雨露，因为酒瓶里有梨，所以喝的时候总觉得像是有那么一点点梨子的味道，其实未必。穆涛说他的父亲总是在黄瓜刚刚开始生长的时候就用酒瓶子套好，俟其长大后用以泡酒，滋味想来也不恶。薄荷也可以用来泡酒，新鲜的薄荷叶子，直接泡在酒杯里就可以。我家的南边露台上种了许多盆薄荷,吃面条,喝薄荷茶,有时候朋友来了喝酒,现在的酒度数都不会太高,大玻璃杯,倒半杯,再把薄荷叶子放进去,过一会儿再喝,挺好。如果放半年一载,颜色纯绿,会更好。

以青梅煮酒由来已久,《三国演义》第二十一回,曹操与刘备在一起谈论天下大事喝的就是"青梅煮酒"。曹操是个懂酒的人,"何以解忧,唯有杜康。"只可惜他替"杜康酒"白做了这么多年的宣传,至今杜康酒也没有声名大起。昔年读《曹操集》,里边所载《上九酝酒法奏》一文,讲的就是怎样造酒。曹操是个做事很认真的人,《曹操集》里有很多的"表"与"疏"都是讲极琐细的事,分香织履,各种器物都细细分条析缕。我读这篇《上九酝酒法奏》,却至今都不知道那个"酝"字是不是就是现在我们通常说的"酝"字,想必应该是。通过这篇奏文,可以想象曹操也是饮酒党,所以对造酒才会格外留意。奏文如下:

臣县故令南阳郭芝,有九酝春酒。法用曲三十斤,流水五石,腊月二日渍曲,正月冻解,用好稻米,漉去曲滓,便酿法饮。日辟诸虫,虽久多完,三日一酿,满九斛米止。臣得法酿之,常善,其上清滓亦可饮。若以九酝苦难饮,增为十酿,差甘易饮,不病。今谨上献。

现在市面上的梅子酒度数都很低,在八到九度之间,微微有些甜,像是果子露。但真正的果子露现在却已绝了迹。果子露也算是一种酒,度数仅在三到四度之间。买一条三四指宽的五花肉,先放锅里干煸,煸到四面发黄,再用两瓶果子露慢慢煨煮,火要极小,煨两三个钟头,味道很好。做青梅酒，如若急着喝，有一种"急就"的方法，就是把青梅洗净逐个敲裂，然后泡在酒里，几天后就可以喝到嘴，酒色偏绿，但味道不那么醇厚。梅子酒是越放越好喝，放到后来，酒色转作黄色味道就更好。做梅子酒也可以不加冰糖，但上口苦涩，别是一种风味，苦寒之味也可以算是一种风味。一如赴台终老的台静农先生说过的那种"苦老酒"，但泡几天就喝的青梅酒味道是既不"焦苦"，其酒色也不黑。

在博客上看"二月书房"在做梅子酒，用的像是高度的二锅头，做了像是有几小缸吧。到了年底，应该冲风冒雪地赶去喝几杯，度数高的梅子酒以前还没有喝过，也不知加了冰糖没有。说实在的，味道稍苦的酒也挺好喝。

落花生

小时候,母亲命我猜的第一个谜语是:"麻屋子,红帐子,里边睡个白胖子。"我一时猜不出,却笑个不住,觉得很好玩,好玩在什么地方又说不出。麻屋子什么样,红帐子又是什么样我完全不懂,那时候我才四岁,却只觉白胖子好玩。后来才知道是花生。母亲让我猜的第二个谜语是:"从东来了一群鹅,哗啦哗啦下了河。"这个谜语就更加难猜,也可以说这个谜语编得并不怎么好,这个谜语的谜底是往锅里下饺子。饺子像鹅吗?至今都觉不怎么像。

花生在吾乡很少有人种,也许是土壤与气候都不大合适,所以过去吃花生像是一件比较奢侈的事。记得那年还在剧团,过年的时候,剧团里的一个高挑长脸的女演员请大家去她家吃花生,就像现在的人们请朋友去饭店吃大菜。我们去了,五六个人,一边喝茶一边大吃花生,那次吃花生给我的印象很深,像是从来都没吃过那么香的花生。那女演员在台上别有一功,就是,在她有一段很长的唱词的时候不做任何动作,只是不停地走小圆场,一圈一圈很有耐性地走下来,那唱词还没有完,但下边已是一片的掌声,或许人们是为了她那耐性?只是那样一圈子一圈子地走,或是想鼓励她继续往下走,一直走到趴下?

这就有些恶作剧了。但她的小圆场走得实在是好看。再说到吃花生。花生还是要以干炒的香,若是加了各种佐料煮,再烘干的那种,口感就不好,已失去花生本味。花生以盐水煮剥来慢慢下酒也是很好,煮的时候最好放些小茴香在里边,但味道终归不及干炒的香。台湾女作家林海音先生的《城南旧事》里写那个穷学生和女疯子的情事,就写到了北京的冬天,天很冷,风吹得破窗户纸"呜呜"响。里边有一细节就是穷学生喝酒吃半空的花生,半空的花生个头特别小,不好看,瘦瘦的,里边的花生仁也小得可怜,但这种不起眼的花生像是特别的甜,是穷书生喝酒的"下酒菜"。现在的吾乡依然不见有人种花生,偶有人种也是当花卉来种着玩儿。种花生得要沙壤土,花生的叶子不那么绿,有点发灰,很干净相。我们那里虽不种花生,但新花生下来的时候到处都有得可买,新花生很好,煮的时候照例是要有茴香,再入微盐,这时候,新鲜的毛豆也下来了,新毛豆和新花生是下酒的好小菜。好朋友在一起喝酒,本不必大鱼大肉,开怀大嚼不是喝酒的态度。

小时候爱吃的一种糖叫"花生蘸",花生先炒一下,然后熬糖,趁着糖尚未凝结之时把花生放进去,再搅,俟凉后再切成一块一块,五分钱一块,这种糖我小时候很爱吃。上海的老"牛轧"也很好,是名驰全国的佳品,里边也有花生。河北河南的小贩做的那种一大坨的花生糖也很是诱人,很大的一坨,想必是先放在一个盆子里,等它放凉凝固后再倒出来放在一个木板子上,这个板子就放在独轮车上,刮风的时候会用一张小棉被苫着它,紫黑色的糖里都是一粒一粒的花生。卖这种糖都有一把很大的刀和小斧子,要多少,现敲下来,很费劲,把刀放在要切的地方，然后用小斧子一下一下敲刀背。这种糖的好处是想吃它得要有好牙口，没见过有老太太吃这种糖的，夏天卖这种糖的不多。天气凉了，新花生也下来了，街头的这种小贩出现了，但现在已经见不到那种木制的独轮车了，推独轮车得有技术，不是人人都能推。独轮车消失了，但卖这种糖的小贩却没消失，他们现在会用自行车把这种糖推出来卖，但放糖的板子不会那么大，上边的糖堆也像是小了很多。

有一年，我在花盆里发现了一株叫不上名来的植物，不知怎么就长了出来，待它开花，待它把它那长长的花柄慢慢扎入盆里的土中，我忽然无师自通地明白这应该就是花生了。花生的叶片到了夜里像是会闭合，这是记忆中的事，我没有去花生地里细看过，因为吾乡直到现在也没有种花生的。花生之好吃不在于粒大，浙江新昌地面出小花生，一粒粒都很小，却很甜，剥来下酒最好，是当地的特产。冬天的晚上，外边刮着西北风，或飘着雪花，你一边看书一边喝上那么一小杯，或和朋友对酌，别的什么也不要，只这小花生便好，一边小口小口地喝，一边剥花生一边天南海北地说话。这样的冬夜是有滋味的。我现在吃早餐，常常是用两片面包，中间抹一些花生酱。但花生酱是要自己去看着做，买好花生米，在家里先炒一炒，然后到磨花生酱的地方看着现磨。磨的时候在里边再加一些同样事先炒过的芝麻，就更香，但不要多加，加少许，要是多了，便不再是花生的味道。

世界上，喜欢吃花生的人很多，不喜欢花生的人还没听说过。

吃瓜子

我不喜欢嗑瓜子，客人来家也从不准备瓜子。一般待客只用茶水和水果。我那年冬天下乡，房东动辄会给我炒葵花子和倭瓜子，在锅里"哗啦哗啦"炒熟端上来，来找我说话的人都坐在炕沿上，一人手里握一把，一边嗑一边说话。客人走了，地下的瓜子皮一扫就是一簸箕，房东把瓜子皮倒在炉子里，炉火会好一阵子"烘烘烘烘、烘烘烘烘"。房东问我怎么不嗑瓜子，我说我不喜欢。房东看我好一会儿，说干坐着，嘴里又没个东西，不好受吧？你又不抽烟。我说我不抽烟不嗑瓜子，但我会喝茶！

鲁迅先生是嗑瓜子的，萧红在她的回忆文章里说鲁迅先生总是和客人一边说话一边嗑瓜子，瓜子放在一个铁皮饼干盒子里，嗑完了一碟，鲁迅先生会要求许广平再给来一碟。鲁迅先生的胞弟周作人说他小时候玩过用三四片瓜子互相夹在一起做出的小鸡，我小时候没玩过这种东西，也从来都不会在口袋里放些瓜子一边走一边嗑。但我经常会在院子门口见到一两个女人站在那里一边嗑瓜子一边说话，这让我想起《金瓶梅》里的潘金莲。兰陵笑笑生不愧是细节大师，《金瓶梅》一书中光嗑瓜子就写有好几处：一处是月娘带众女眷看放烟火，潘金莲在楼上把半个身子都探出去，一边嗑瓜子一边说说笑笑，并且把瓜子皮扬到楼下去，惹得下边的人两眼不住地只是看她们。另一处描写是潘金莲站在门口东张西望嗑瓜子卖俏，卖给谁看，记不大清了。读《金瓶梅》的时候，我常想，古今中外的长篇小说里写到嗑瓜子这一小细节的还有哪几部书，一时还真让人想不来。《金瓶梅》中不单单写潘金莲嗑瓜子，还写到蕙莲买瓜子。蕙莲有了银子，烧得不行，总爱打发小厮到门外去买瓜子，一买就买许多，和下人们一起嗑。嗑不到瓜子的人还大有意见，咕嘟着嘴，不愿扫那个地。

我的一个朋友是电影导演，有一次我们赶去"老杨魁"吃白水羊头，他说他正在拍一部延安时期的片子，这几天拍到毛泽东和外国友人谈话的场面，"怎么拍都有点干巴！"我这个朋友喜欢用"干巴"这两个字，菜炒不好，他会说："有点干巴！"澡洗得不合适，他也会说："他妈的，身上怎么还有点干巴！"看小说，如他不满意，也会说："他妈的，这是怎么写的，怎么有点干巴。"他说毛泽东和外国友人谈话这场戏有点干巴。我忽然就想起瓜子来了，我说那怎么不让他们一边嗑瓜子一边说话。后来在片子里果然出现了瓜子，场面顿时不干巴了，活泛了，也好看了，是延安时期的生活，毛泽东穿着灰色的肥棉袄，让人看着就亲切。

往昔过年，家里总是要买瓜子，算是年货之一，而且是大宗。平时家里可以不给客人端瓜子，但过年就不能这样，不给客人端瓜子好像简直就不是过年。我的母亲节俭一辈子，平时吃倭瓜挖出的瓜子不用说都会晾在外边的窗台上，有时候连西瓜子也晾。那时候吃倭瓜多一些，尤其是一到深秋，要买许多倭瓜回来。倭瓜多，瓜子就多，晾干的瓜子母亲会把它们收起来，到了年底会总炒一回。倭瓜子不像葵花子那么碎叨，最碎碎叨叨的是那种黑色的葵花子，又小又不好嗑，嗑完这种瓜子，两片嘴唇都是乌黑的。这种黑瓜子不好嗑，但它开花却好看，花盘子上满是茸茸的花瓣，和梵高画的那种不大一样。葵花的学名是"向日葵"，但现在的葵花被化肥弄得不会向日了，一时找不到方向了。

网络画家有画葵花子的，画出来，居然大有水墨的味道。当代艺术真是奇巧百出，什么都可以画，也敢画。白石老人是从不画瓜子的，画瓜子有什么意思？是没什么意思。

我不喜欢嗑瓜子，但这不妨碍我喜欢向日葵。向日葵是什么时候传入中国的？查查与植物有关的书籍，最早见于明代王象晋所著《群芳谱》。王象晋的《群芳谱》于1621年问世，《金瓶梅》的出版依吴晗先生的说法应该在万历中期，如以万历二十四年（1596）算，要早于《群芳谱》二十多年，相信其时向日葵在民间已早有种植。民间把向日葵又叫作"向阳花"或"朝阳花"。如有院子，沿院墙种那么一圈，还真是好看，可惜我们现在都没有院子，阳台上又没法种。

吃螃蟹

白石老人画螃蟹，用笔真是精准，感觉真是好。老人作画素喜薄纸，而唯画螃蟹却用另一种纸，一笔下去，再接一笔，一笔下去，再接一笔，螃蟹的八条腿皆动。吴作人先生也喜欢用这种纸，画金鱼画骆驼，用墨行笔，笔路极是清楚。白石老人笔下的螃蟹与虾，直到今日无人能望其项背。说到螃蟹，家大人说乡下人打上灯笼去地里的高粱穗上捉，相信这是真实的生活，如果虚构，哪能知道螃蟹会爬到高粱穗子上去。螃蟹之味美，在其蟹黄和蟹膏。时下酒肆饭庄，喜用咸蛋黄替代蟹黄，"蟹黄豆腐"也只好叫作"咸鸭蛋豆腐"，只是颜色仿佛而已。海蟹比之河蟹，味道相去甚远，吃海蟹如没有工具非好牙口不行，海蟹是硬盔硬甲，下锅之前如不处理，是给食客出难题。河蟹壳软，容易对付，但一桌十人，每人两只螃蟹，顷刻之间，满桌狼藉，且不说食客的嘴上手上，服务员忙不迭地递纸巾，一时间，桌上地下白花花一片。请客吃螃蟹，麻烦不少，剔剔剥剥，还耽误说话。所以想吃螃蟹最好回家，热两三斤老绍兴酒，足可细吹细打，自己家自己做主，只管把细功夫放开慢慢来，学学上海人，半天时日只在一只螃蟹身上。

家父吃蟹只吃蟹黄和蟹膏，腿和螯上的肉向来不动，嫌麻烦，这便是东北人。过去吃蟹不像现在的轰轰烈烈当作一件大事，水产多多，螃蟹算不上什么正经东西，大一点的上市，小一点的都做了蟹酱，更多的是做了腌蟹，一般人还不愿吃，不像时下，普天下几乎所有的螃蟹都一齐叫了"阳澄湖大闸蟹"。过去家里吃蟹，动辄买一蒲包来，放大盆里洗，一时螃蟹乱爬，捉东捉西，好不热闹。煮熟上桌，随意劈剥，吃到后来，只可怜母亲一个人在那里辛劳，把吃剩下的蟹腿蟹螯细细拆开，把里边的肉再一点一点剔出来。隔天母亲便会用猪油把剔剥下来的螃蟹肉都放在里边滚几滚，然后连油带蟹肉一起放在一个坛子里封存起来，待日后吃面用。一碗面煮出来，放些酱油和葱花，再挑一些螃蟹油在里面，这碗面真是够鲜美。那年在杨春华家与周一清喝酒，杨春华在那里弄螃蟹，一时螃蟹大突围，争先恐后满地爬，杨春华好一阵子捉来捉去。周一清好酒量，后来又来毛焰和苏童，直把我喝倒。杨春华的菜做得有手段，颜色与味道俱佳，有一道菜是油焖笋，味道之好，至今难忘。

　　小时候猜谜，有一谜语是，"说它丑它真丑，骨头包在肉外头。"便是说蟹。对时事不满的画家画螃蟹，有愤然题"看你横行到几时"的。想想，恐怕螃蟹永远不会改变它的路数，八条腿一起挪动，它也只好那样横着来，再进化一万年，相信它也不会在天上飞。螃蟹好吃，但太麻烦。画家多爱画此物，但还要数白石老人手段好，只用墨色，腹白壳青。

也说肥肉

不久前去书店买到一本书,书名就叫作《肥肉》。现在人们之不敢吃肥肉,一如行路之避虎狼。而肥肉实在应该是好吃的,而这本书的好还在于买一本便可得猪肉一块,那一张肉票就夹带在书里,而且得到的居然是进口的猪肉,且又是猪身上最好的部位,这真是让人欢喜之极。看书多年,买书也非一日,这样的事也只在今年碰到过这一次,让人不免有躬逢盛世之叹,只是在心里不免产生非分之想,如果再有这样的书出来,书名不妨就叫作《汽车》,但愿随书可得汽车一部,哪怕它是普天下皆是的"夏利"。

从小吃肉,最怕的就是吃肥肉,碗里或有一块两块,必定一一拣出,家大人不免要说上几句,但说归说,不吃还是归不吃。虽说不吃肥肉,而肥肉炼过油的油渣却真是美味。猪的肚子里的那两块板油是炼油渣最好的部位,炼到微黄,放到一边晾冷,入微盐,真是好吃。鄙人乡下的滋油饼,便是用这油渣来做,把油渣细细剁碎直接和到面里然后再放在铛里烙,烙好的饼只需往盘里轻轻一掷,饼便松散开,是十分地好吃。猪之肥肉,在鄙乡还有一种顶顶好吃的方法,便是用来做杏梅肉,鄙乡的杏脯极酸,而北京的杏脯却甜。这样的酸杏脯,用水泡软，只把它和肥肉一层一层码在碗里上笼蒸，其样子像极河南人推到街上卖的那种枣糕，蒸好，扣在朱漆大盘里，是十分地好吃，颜色也好看，肉做琥珀色，即使是不吃肥肉的人也会不停地下箸。这道菜也只有过年过节的时候吃得到。再说到点心，好的点心，比如北京稻香村的翻毛点心或其他的各种点心，大多都要以猪油来做才好吃，入口即化的那种感觉也只能是猪油做的点心才能让人领略得到。"功德林"的点心用素油来做，和稻香村的点心相比，一个天上一个地下。猪油有猪油的好。传统的黄米饭，据说是清兵入关带进来的食品，人也吃得，祭祖敬神也用得，吃的时候就必用猪油和红糖来使之"澥"开，如不用猪油和糖把它澥一澥，这一碗饭就很难吃。

关于肥猪肉，我家兄长讲过一个让人害怕而又让人佩服的故事。只说两个人比武，是事先约好了，是双打，打一阵，其中的一个说今天就到此为止吧。古人的好就在于知进知退，一旦击鼓鸣金，再不死死纠缠，两人便都退下，第二天再继续打起来。奇怪的是其中的一个人是越打越勇，便有人跟随了他，看他有什么故事，这个故事的结束，是越打越勇的这个人每每打完回家便要生啖两大片猪肚子里的板油。这故事是家兄小时候讲给我听的，至今让人不忘。当时听这故事心里真是觉得害怕，如果生啖白花花的两片猪板油才做得英雄，人活在世不做英雄的也好。

直至现在，家里厨下如果用肥猪肉炼油，我照例会吃那油渣，但要晾冷，再入微盐，还是好吃。

吃豆腐

研究俚语真是一件很有意思的事，我至今不明白上海一带为什么把喜欢占女人便宜叫作"吃豆腐"，此话怎样的由来，恐怕上海的朋友也说不清楚。虽然说不清楚，但我个人，至今还是喜欢吃从厨房端到餐桌的那种豆腐。豆腐无疑是中国人最伟大的发明之一，好吃，且容易消化，而且又极富营养。大病初愈，在饮食上这不行那也不行，来块豆腐，想必连最有经验和最负责任的大夫都不会有意见。读丰子恺先生《缘缘堂随笔》，其中有一篇写他的冬日生活，说他坐在火炉子边上，在炉子上坐一个锅，把水烧开，在水里热一块豆腐，豆腐热好后蘸酱油食之，而且还给围在身边的小儿女你夹一块我夹一块。丰子恺"缘缘堂"的日子过得真是朴素而滋味绵长，有老百姓"白菜豆腐"般的清平，豆腐是清平生活的必备之物。我个人吃豆腐极喜欢吃豆腐的原味，比如香椿拌豆腐，这道菜之所以好是让你知道春天来了。再就是小葱拌豆腐，这两道菜无论出现在哪里，总是会受到普遍的欢迎。传统的镶豆腐我倒是不太喜欢，这道菜南北都有，做法大至差不多，豆腐切大块挖空，把肉馅塞到里边上笼蒸然后再下锅油煎。我不喜欢这道菜，是嫌其太烦琐，太烦琐的菜我都不太喜欢。比如那年在北京吃"红楼宴"中的那一道茄鲞，一个小碟，小碟里一小撮菜，两口不够，一口又多，味道好不好，完全不得要领，不得要领能让人说好吗？小说是小说，小说里写得津津有味的东西吃起来未必就一定好。后来在扬州又吃了一次"红楼宴"，场面真是好，《红楼梦》中十二钗一一出场，陪我们坐那一桌的是宝钗，好家伙，虽穿着古装，却是银盆大脸，不免让人有点心惊。菜一道一道地端上来，其中那道茄子做的茄鲞，依然是不见茄子的面目，好不好？真还不敢赞一个好字。我以为，饮食之道，最最要紧的是吃其原味，你把鱼做成了虾的味道，或把虾做成了鱼的味道，我以为都是在无理取闹。豆腐就是豆腐，我们要吃的就是豆腐味。

　　读汪曾祺的散文，什么篇目记不清了，里边也说到豆腐，说某地的豆腐真是结实，你去买豆腐，好家伙，卖豆腐的可以把豆腐挂在秤钩上称给你！我没吃过这种豆腐，我以为豆腐还是要软嫩一些的好。鄙乡的豆腐软硬居中，卖豆腐的一般都会把豆腐养在水里，到河南，豆腐一般都放在屉子里，用湿布子苫着，要多大，当场给你用刀切。豆腐中最嫩的应该是老豆腐，汉语真是不好学，往往给老外出难题，豆腐脑最嫩，却偏偏叫它老豆腐！吃遍天下的豆腐，我以为日本豆腐最不好吃，嫩到像果冻，到饭店吃饭，谁点日本豆腐我反对谁！我还是喜欢吃我们中国豆腐，老浆和石膏点的都好，石膏点的有股子特殊味。因为喜欢豆腐，我有时候突然会想吃那么一点豆腐渣。豆腐渣到处都有，不必花钱，用一片圆白菜叶子托回来就是。做的时候猪油要多放，多多地放，这家伙吃油。葱花也要多放，最好是猛火大炒，好吃不好吃，吃到嘴里粗粗拉拉却别有滋味，让人起怀旧之情。

有一次吃饭，朋友们突然争论起来，争论先有豆腐还是先有豆腐干。这争论几近无聊，我向来不参加此种讨论。但豆腐干的好吃是不用争的，我的道理是之所以说豆腐干好，是它可以佐茶，一边喝茶一边吃，所以南方才有茶干。你用一碟子猪头肉佐茶可以不可以？可以吗？

赌　酒

鄙乡把小孩子的玩具统统都叫作"耍货"。小孩子们的耍货也就那几种,从陀螺开始,到可以推得"哗啦哗啦"响的那种铁圈,当然还有万花筒和用染过的羽毛做的那种毽子。而我最喜爱的还是泥做的再描上五彩的"不倒翁",我母亲大人只叫它"扳不倒"。记得幼时前后一共买过那么几个,到后来照例都摔破了,再纠缠着母亲去买,买来玩几天再摔破,而且是有意的,总是想看看这个"不倒翁"的里边有什么,怎么居然会一次次地打倒一次次地马上起来。白石老人笔下鼻子那地方有一块白的"不倒翁"我没见过,从小玩过的几个都是寿星模样,白胡子,长眉毛,团团地坐着笑呵呵地看着你,让你一次次地把他按倒,他再一次次笑呵呵地起来。及至后来长大,到了见酒非喝的年龄,忽然见到了酒桌上的一种叫作"叫你喝"的赌酒的酒具,其实这"叫你喝"也就是个用泥做好再彩绘过的"不倒翁",放在桌上让人们轮着转他,俟他停下,他笑嘻嘻地朝着谁,谁就必然地要喝一杯,喝过这一杯酒,就有了转这个"叫你喝"的权利。在没有多少酒可以喝的年代,喝酒的人都在心里暗暗希望它转向自己,在物质丰裕不愁酒喝的年代则相反,希望他转向别人。起码是早些年,有的饭店里还专门备几个"叫你喝",对小二说一声他就会拿过来。不过饭店里的这种不倒翁照例都是油乎乎的,也不知他千转万转转过了多少回,到底招呼人们喝了多少酒。在乡间的酒席上,没有"叫你喝",但人们照样可以赌酒,那就是转勺子——喝汤的小勺,放在盘子里转,等它停下来,勺子把儿朝着谁,谁就喝那么一杯。或者等到鱼上桌的时候转那鱼盘,是鱼头鱼尾各喝一杯。轮着转下来,等到每人都喝了那么几杯后,鱼也早就凉了,这盘鱼亦可以算是赌酒的赌具之一。但现在的饭店里早已没了可以让人们转来转去的"叫你喝",集市上也见不到笑呵呵的"不倒翁"。不知民间还有没有人在做这种"不倒翁",其实这是一种很好玩的耍货,花不了几个钱买那么一个。做"不倒翁"用的那种胶泥,普天下到处都有,小时候跟着别人去河里挖这种胶泥,挖好一大团,把它放在一块石板上揉面那样揉来揉去,再把它做成一个又一个泥碗,然后在地上猛地一掷,它会发出很响亮的声音,只为这一响。

白石老人画"不倒翁",诗是这样写的:"乌纱白扇焉然官,原来不过泥半团,将尔忽然来打破,通身何处有心肝?"白石老人八十之后曾写告示申明自己不吃请亦不去饭店,可见当时请他吃饭的人很多,请他去吃饭也是想要他的画,自然是揩老人的油,但他发出告示表示谁请他也不会去。但有人写回忆老人的文章,饭店有时候他还是会去的,只要他高兴,他还会主动请客,一旦他请客,照例是去湖南饭店。据说当年湖南饭店的筷子比别的饭店要长一些。这里就要说到湖南饭店的一道叫作"水氽肉片"的看家菜,其实也普通,用水淀粉抓过再用水汆，嫩而已。但湖南菜馆的筷子为什么特别地要长一些却是谁也说不清。

　　中国人喜好赌酒，这和西方不一样，西方人的喝酒是吃完饭去酒吧里喝，很少在吃饭的时候就一杯一杯地赌起来，更不会有"叫你喝"这种转来转去的赌酒具。晚上等着看世界杯，怕自己睡着，翻闲书打发时间，其中的一本就是讲中国酒文化的书，想不到就写下这样的文字。今年七月再去北京，有一个想法就是到处去找这种小时玩过的"不倒翁"，据说只能去庙会上找，而不知道七月在北京还会不会有什么庙会，如果有，不妨就再顺便买一个泥做的"兔儿爷"，八月十五毕竟也不远了。如果有"不倒翁"卖，想必也会有三瓣嘴的"兔儿爷"。

　　但三瓣嘴的"兔儿爷"是不能拿来赌酒的，而人们也确实不能整天地喝酒，这是另一说。

醋下火

好像是，也没经过什么会议讨论也没经过什么会议通过，人们都一致认为山西人能吃醋。我在外边吃饭，总有人关心地问我来不来点儿醋。我说我从山西来，但我不是山西人，虽然我不是山西人，但我多少还是要来点儿醋，尤其是吃饺子，总要来那么点。在我的印象中，我的朋友里边作家张石山好像是最能吃醋，每次吃饭前都要先给自己倒那么一小碗，是一小碗而不是半小碗！这碗在北方可以说小，但到了广州上海就绝不能说小，广州上海吃饭就用那种碗。张石山每次吃饭倒那么满满一小碗，我坐在他旁边总想着看他怎么吃那碗醋，但总是不等你留意，那碗醋早已见底。在山西或在全国，我以为要选举吃醋冠军一定非张石山莫属，起码在山西，我想不可能有人超过他。

山西出好醋，太原宁化府的醋好，怎么个好，光看每天排队买醋的人就能知道。我跟人去过一趟，排队的人真多，是一个长蛇阵，人手一只或两只白塑料卡子，来这里打醋没有打一斤二斤的事，一打就是二十斤三十斤。宁化府的老陈醋特别冲，这不合我的胃口，我喜欢淡薄一点的，比如北京的醋，颜色和口味都比较淡，这样的醋我能连喝好几调羹，很好喝。我不太喜欢吃醋，但我喜欢每到一地都品一下。

我认为镇江的香醋很好,有股子烟熏的香味在里边,蘸饺子很好。但我对白醋很反感,小时候没吃过,大了就不习惯了。我家的白醋总是放在那里没人动,要动,也是拌拌凉菜,比如凉拌莴苣这样的菜,要是用陈醋就不好看了。山西人吃醋,宁化府的醋还嫌不酸,醋打回来还要放出去冻,冻一晚上,醋上边结了一层冰,这层冰是水,把这层冰揭掉再冻,再冻一层冰再揭掉,冻来冻去,这酸就更酸更浓。山西醋,好像不单单是酸,而且香。醋怎么个香,我说不来,这要去问张石山。我吃过的最酸的醋是在韩城,照例是,大家坐下来吃饭,第一件事就是张罗着要醋,醋端上来,颜色真是淡,淡黄淡黄的,这醋能好吗?我倒了一点,我是小瞧了它,想不到韩城这淡黄的醋可真酸,一下子,嗓子和胃都有了反应,受不了。我从来都没吃过这样酸的醋,问了一下,才知道是柿子醋,以树上结的那种柿子做的醋,我是第一次知道树上的柿子居然还能做醋。我喜欢吃冻柿子,把柿子放一排溜在外边的窗台上让它冻着,吃的时候放在水盆里换一换,换什么?换冰,换一会儿,冻柿子外边就是一个冰壳子。吃冻柿子不用吃,吸就行。想不到我喜欢的柿子能做那么酸的醋,我真不知道柿子是怎么变成醋的。

　　我的母亲,上了岁数以后好像就不会做东北饭了,我至今都很想念她做的酸饭,这种饭只在夏天吃,好吃而祛暑。先把玉米面发好,和的时候要稀一点,做酸饭得有特殊工具,是一个可以把发好的玉米面挤成面条的那么一个小管子,很像是美院学生挤石膏用的管子,但要小得多。发好的玉米面就是从这个管子一挤一挤下到锅里。酸玉米面条很好吃，但要放很辣的青椒糊，是又酸又辣，但好像又不光是酸，酸之外还多少有些北京豆汁的味道，所以特别好吃。煮过酸玉米面条的汤很好喝，我现在喝豆汁就常常想到母亲做的酸饭，觉着亲切。

黄河最北边的那个小县河曲，人们一年四季都喜欢吃酸饭，是小米子酸饭。吃的时候先上一小盆小米饭，这小米饭不那么酸；然后再上一盆酸汤，这酸汤是小米汤，发酵过的，很酸；然后再上一盘老咸菜，黑乎乎的老咸菜。河曲人把这个饭叫"酸捞饭"。酸捞饭好吃不好吃？好吃。酸之外，也有点北京豆汁的那个意思！我一吃就喜欢上了，每次去河曲我都会找酸捞饭吃，其实不用找，一年四季，什么时候都有，什么饭店都会做，只要你喜欢吃，这个饭朴素开胃。

山西人爱吃醋，当地人有句话是："女人不吃醋，光景过不住。"但你要是问他们为什么那么喜欢吃醋，不少人都会说："醋下火！"

我常在心里想，山西人有那么大的火吗？怎么会有那么大的火？怎么就那么爱上火？这么一想就让我想到京剧《打瓜园》里的那个看园子的山西老头了，别看他手又抽抽，背上又背着个锅，但他的火气可真大。我觉得是不是应该给他来点醋喝喝，而且最好是宁化府的老陈醋。

一伙子山西人，给他们来两壶醋，真不知道他们还会不会再打起来。

醋下火！

咬菜根

各种的蔬菜里，大白菜让我感到最亲切。

白石老人题画有云：咬菜根，百事成。

很小的时候，每当家里开始大批大批地把大白菜买回来的时候，我就知道，冬天就要来了。那些年，几乎是年年如此，父亲请人用手推车把大白菜运回家里，先是放在外边晾一晾，用父亲的话是"耗一下"，我不知道是不是这个字，总之是要让大白菜在外边晾一晾，然后才把它们放到小仓房里去。我家的小仓房在正房南边，快到冬天的时候里边就总是码满了白菜，当然大白菜最好是下到窖里去，但我们只有小仓房。大白菜放到小仓房里，到了天气最冷的时候，上边还要苫好几层草袋子，这样的白菜一般要吃到第二年春天。整个冬天，家里人总是要到四壁皆是白霜的小仓房里去翻大白菜，把下边的倒到上边，再把上边的倒到下边，让它们的叶子既不能太干，又不能烂掉。冬天的日子里，几乎是，饭桌上天天都是白菜，土豆白菜，萝卜白菜，海带白菜，有时候是豆腐白菜。母亲有时候会用白如玉的大白菜帮子给我们来个醋熘辣子白。父亲喜欢用白菜心和海蜇皮拌了吃，白菜和海蜇皮都切极细的丝，白菜丝用盐抓过，海蜇丝用开水一焯，二者相拌，味道极清鲜。一盘这样的菜，就二两二锅头，简直就是我父亲的日课！春天来的时候，母亲会把抽了花挺的白菜心放在水仙盆里用水养，白菜花娇黄好看，都说红颜色喜庆，殊不知白菜花的黄颜色更加喜庆！

白石老人喜欢画白菜，还喜欢题"咬菜根，百事成"。而我最喜欢他在白菜旁边题"清白家风"。白石老人画的不是那种紧紧包住的"北京大白菜"，而是叶子散开的"青麻叶"。"北京大白菜"做醋熘白菜要比别的白菜好，吃涮羊肉也离不开它，吃菜包子就更离不开它，它的每片叶子恰好都像一个小碗，正好让人可以把馅儿放在里边。但这种白菜不好入画，圆滚滚的。而青麻叶不但入画还特别好吃，以青麻叶做菜泥，软烂不可比方。腌东北酸菜也是用青麻叶，外边的叶子打掉，整棵大白菜一劈为二，在开水锅里拉一下，然后就码到缸里去，不用放多少盐，东北的气温可以让它既慢慢变酸又可以保持其脆劲。这样的酸菜也只有在东北才能吃到。要说做酸菜白肉，四川的泡菜不是那个味儿，韩国泡菜更不是那个味儿，东北酸菜好在本色，脆、嫩、白！吃酸菜白肉，最好是冬天，夏天不是吃东北酸菜的时候！说到吃，不单单水果是季节性的，酸菜也是季节性的。要吃四川泡菜，我以为最好是夏天，冬天吃四川泡菜，也不大对路！

冬天快要到来的时候，也是晒干菜的时候，把小棵的白菜一劈四瓣挂在那里晒干，说是晒，其实是阴干，要是晒，一过头就黄了。干白菜炖豆腐别是一个味儿，干白菜和鲜白菜一道煮，又是一个味儿，味道都很厚。味道可以分厚薄吗？这还真不好说！冬天的日子里，玻璃窗上满是山水花草般的霜花，你坐在暖烘烘的屋里，餐桌上是小米干饭和干白菜熬虾米，这顿饭真是朴素简单而好吃，直让人想到周作人说喝茶的那几句话："喝茶当于瓦屋纸窗下，清泉绿茶，用素雅的陶瓷茶具。"吃饭和喝茶虽不一样，但小米干饭加干白菜熬虾米会让你觉出清淡中的滋味绵长。我现在是想的要比做的多，一年四季总是忙，几乎是，年年都想晒那么一点干白菜，但每年照例都会忘掉，而现在的市场上又没得干白菜卖，起码是，我经常去的沃尔玛就没有，那里有干豆角、干茄子和干葫芦条，但就是没有干白菜。他们说干白菜太麻烦，没等卖多少就都碎了，碎糟糟的像是烟叶，所以现在不再进货。

其实要想吃干白菜还是自己动手去晒的好，今年秋天，也许不会忘记。

第三辑

先生姓朱

元宵帖

昔年去太原，行至离柳巷很近的老鼠巷，便忍不住要踅进店去买碗那里的元宵吃，平底大黑碗，十多个爽白的小元宵，也没什么好滋味，只是一味地甜。若在家里，要吃元宵非得等到元宵节这一天，而老鼠巷的元宵却是一年四季都有，再就是去成都吃赖汤圆，个头比北边的元宵大出许多，真是肥软可口。元宵难道可以说肥软吗？你用筷子夹一个软软糯糯的赖汤圆来看看，那感觉，是不是？说到元宵节，其实亦没什么好说，一是吃元宵，二是看花灯。小时候最喜欢的灯是"走马灯"，喜欢它会不停地旋转，及至家大人亲手给我做一个，又手把手教我做，竹篾红纸，麻纸麻绳，慢慢糊起，直做得桌上案上到处都是糨糊和红颜色，家大人亦不会说什么。但自己做的灯自己也不会特别地去珍惜，点一截红蜡烛在里边提着跑来跑去，后来便觉无趣了。再就是用一片硬纸壳，上边用小刀镂出飞鸟来，然后用这纸壳做灯罩，跳跃着的蜡烛被点着后，光线把灯罩上的飞鸟映在墙上，因为光的跳跃，映在墙上的小鸟便有飞动的感觉。而这也只是玩几次，久玩亦无趣。前不久看日本电影《寻访千利休》，忽然看到电影里的千利休也做了这样一个灯罩，用灯光让鸟在墙上飞动，便觉得这部电影里的生活都只在身边。

　　古时的元宵节看灯并不说是看，而是要说"闹"，闹花灯。其实也只是要人看人，月下灯下，光线朦胧，不美的人也像是美了几分。灯光是朦胧的，而心情也会跟着朦胧几分，只这朦胧二字，便让一世界的风物光影却都像是比平时亮丽了许多，这就是元宵节。古时今时的看灯，其实也只是你看我我看你，心和眼并不在灯上，并不像民间小戏《闹元宵》那样，一对青年男女只在那里说灯，这个灯那个灯从头说到尾，是几近疯话。鄙人总以为在这样的晚上，有情人两两相会，是应该你看我我看你才对，是往灯光稀疏处走才是，谁会真心去看灯。

　　古时的元宵节有官府的灯官出现，查遍诸书，直到现在都不知道这灯官是临时性的职务，还是长期的，更不知道他是几品。还有就是鄙人很想知道他的官务是什么，是监督做灯？或者还负责往下分发灯油？总之戏台上的那个灯官是穿了红袍，黑帽黑靴地上来走个圆场，然后下去而已。

　　说到上元节，实在是没什么好说，人的喜欢有时候是说不清道不明，而唯有说不清道不明的喜欢才是真正的喜欢。"月上柳梢头，人约黄昏后"，只觉一世界都是喜滋滋，岁月流丽，月上中天，是旧月光亦有新意。

清　坐

客人来时，家里早先也只是奉上清茶，一把壶两三个茶杯，若人客多了再加几个杯，喝到茶水淡了时，需重新把茶换过。居家无事乱翻书，春节期间我独喜看日记之类，《翁同龢日记》是断断续续看了几遍；《曾国藩日记》也让人喜欢，因为看他的日记知道他竟患有牛皮癣，也不知他那牛皮癣长到脸上没有，手背上肯定会有不少，这牛皮癣让他十分难受，但他都用了些什么药，看过也就忘了，也知道他居然几乎是天天要写字，过春节也照例要给人写对联。还有就是看《鲁迅日记》，知道他为人的清峻，谁送他五枚苹果他都要记下，向他母亲大人借五块大洋也竟记下，再翻下去，好，过些日子又把五块大洋还给了他的母亲，这便是鲁迅，如不读日记，这种事就很难让人知道，相信他也不会把这些琐事写到他的文章里边去。喜欢读日记的人多多少少像是有窥私癖，其实这种癖好许多人都有，只是藏在心里。比如我有一个朋友送的日本望远镜，我就喜欢经常拿它来看一看对面楼里的人都在做些什么。其实所能看到的大多都家常无趣，走动，打扫家，打呵欠，洗脸刷牙，或者是一个人躺在那里发呆，并看不到杀人放火，更看不到某人在家里制造军火。虽然无趣，有时候还是想看他一看。

无事乱翻书地看《鲁迅日记》，是左翻一下、右翻一下的那种看法，竟然亦有趣。鲁迅先生在日记里所记也均是杂七杂八之琐碎事，伟大的思想言论里边竟然让人看不到。我感兴趣的是看他去厂甸都买的是什么碑帖，那些碑帖我现在还看得到看不到。但日记里之所记更多的是琐碎之事，比如买一双鞋，或一下子买两双袜子，还有许多条是记买瓜子。回忆鲁迅的文章，萧红那篇算是最好，便也写到客人来了鲁迅和客人一边说话一边嗑瓜子，老鼠啃器般大家一起嗑老半天，一边说些民国的新闻或旧闻，嗑完一碟会叫许广平再取一碟来续上，而且还要不停地吸烟。读到此，直觉无趣，这可能与我不喜欢嗑瓜子有关。尝见有人坐在那里一边说话一边嗑瓜子，瓜子皮挂在嘴角欲掉不掉，真是十分地难看。我在家里，或出去做客，虽有瓜子放在那里，我不会去嗑，客人来了，我亦不会拿瓜子给他，要坐，便一清到底，喝茶而已。这便是清坐。

说到清坐，像是也只宜在春节的时候，案上是两盆水仙，再加上一盘橙黄的佛手或香木瓜，如果碰巧到东莞谁堂那里去做客，想必还有菖蒲一事。这就真是雅到十分。既是春节，新茶还没下来，予以为必要喝"张一元"的花茶为好。茶之香，水仙之香，佛手之香，这便是清坐。如果主客相对大嗑瓜子，大啖稻香村的枣泥点心，那便是煞风景。当然，除了春节，平时客人来了，你清坐他一坐，也不会有人对你有什么意见。

清坐宜布衣布鞋，茶宜热，人客宜少，两三人足矣。写这篇小文字的时候，外边正下着雪。说到雪，这是今年的第三场，真是好雪，是真心真意，慢慢慢慢地下来，不觉天地皆白。

长　衫

　　我的朋友墨老师，这么说，即使在我自己，也总觉得好像有些不妥，应该是小弟，因为我向来是把他当作小弟来看。他在热炉子样的武汉做编辑的时候我们就认识，而对不起他的是，直至他离开，我也未曾给他任职的那家刊物写过稿子，所以每每想起觉得有些对不起他。后来他也离开了那个大家普遍地都很爱吃热干面的城市去了上海。那一次，我去上海，随着金宇澄看了一回静安寺张爱玲的遗迹，也只是站在下边朝上边望了望，离近了看也只是看了一下那个铜牌子，有一本画报那么大，上边写明了上边几层几号曾经是张爱玲的故居。想想当年胡兰成就是在这地方和张爱玲生活，不由得让人明白才子佳人也和一般的人一样，并不是神仙样只会在云雾里穿梭。那一次去上海，小墨忽然赶了来，而且是非要他来请客，酒是金宇澄从家里拿来的两瓶，慢慢地喝到后来，待我要回旅馆，小墨却因为太晚不能回去了，就和我在一个床上挤。我和他背对背，后来又翻过身来面朝天，就那么睡了一晚，到早上他早早起来去赶车，天还没怎么亮。小墨模样周正大气，他给我写字，字学二王，很好，就是笔力稍弱，因为他毕竟还小。而他后来在网络上忽然自称老夫，着实让我诧异了好长时间。

我去信问他你果真老夫了吗，口气自然是嘻嘻哈哈，他却认真地寄过一张照片来，果真头发少了许多，这就让我想到朋友们风传他得了要命的重病的事，不免为他担心。而最近看到他的一张照片，却显得十分结实好看，说他好看，是因为他穿了一袭长衫站在上海的弄堂里，有些玉树临风的感觉。这就让我感到喜欢。

说到穿衣，我向来是创新派兼守旧派，当年在学校教书，穿了牛仔裤上讲堂，而且上边的红色运动衣亦是反穿了的。校长说这怎么可以，而我对校长说这怎么就不可以，他居然开明得很，只一笑了之。再说到穿衣出国，每次出去都规定要穿正装，这便让人生气，真不知道是谁规定的正装必是西服。西服实实在在是最让人不舒服的一种洋鬼子服装，我有两三套，也只一年穿一两次，每次穿都会在心里生起气来。而平时穿的衣服要讲舒服，要算中式的最好，比如冬天的时候我左一件右一件都是中式的夹衣和棉袄，再围一条围巾即可，又保暖又可以让人随便。

小墨的这次穿长衫，可以说引起一阵小骚动，网上的许多朋友都以要穿长衫来声援他。看他的照片，忽然让人觉得他人已经回到了民国。人们现在怀念民国年间的风物人事是毫无道理可言的，但长衫的好却是不容忽视的，而且也确实足可抵挡风寒，可以让上衣和下衣相接的地方连一点点寒风都吹不进去。但长衫的毛病就在于一时里急忽然需要去厕所解大手，却不知该怎么蹲下。解小手向来容易，只需站在那里，是不需解释和教授的，而穿了长衫，这便成问题。

总之，长衫在冬天是要比短衫好，这便有了可以穿它的理由，其实穿衣或穿什么衣是不需要有什么理由的，只要你不穿"皇帝的新装"，是不会有人出来干涉的。我写这点文字的时候，想象小墨穿了长衫在上海的街头疾走，那风致，我想是好看的。小墨这几年有些胖了起来，所以比前几年看上去更好。他的毛笔字，比以前亦好十分。

元宝帖

马上老弟好：

　　今年的年对我来说过得是特别有趣味，一是把自己过去的旧文编了一下，二是前不久种下的水仙才有一指半高就长出了花蕾，三是一个月前供在案头的香橼居然有两个不但是颜色金黄而且香气愈加扑烈。香橼的香气与佛手不一样，怎么不一样我说不来，如果有机会你可以对比着好好闻一下，但年头岁尾在案头供几个佛手和香橼确实是一件很好的事情，若是在各种花卉你登罢场我登的夏天，那香气根本就不会让人们感到有多么好，而在大雪纷飞的数九天便大不一样。今年是南方多雪而北方才下了一两场，而且下得也没什么成绩可言，才一币厚便马上匆匆化掉，让人感觉北方已经不再是北方。我对你说过我从小就喜欢在大雪中散步，当然要戴好帽子，光戴帽子还不行，最好再围上一条围巾，不要让雪灌到脖子里。我想林冲风雪草料厂花枪挑着个酒葫芦的时候也一定是戴了帽子围了围巾，如果不这样，雪就不再有什么趣味可谈，你到时只能缩头缩脑在纷纷的大雪里显得很狼狈，所以说下大雪的日子里你必须要有一顶帽子、一条围巾。今年的冬天，北方虽然没下过几场可以算得上数的雪，但年还是到了。因为初一找出了旧文《压岁》,既说压岁,当然免不了要说压岁钱,自己看看有趣,也算是古人的献芹之意,便把文章拿出来给朋友们看,也便忽然想起了小时候家大人给的那种小小的小金锞子。小金锞子虽是足赤,其实也不值几个钱,但就是好玩。清代的那种金锞子和金元宝不是一回事,我的那三个小金锞子一个是梅花形,上镌着三字"岁寒友";一个是小元宝状,上镌着四字"及第千金";另一个是不知被谁在上边钻了一个孔,想必是想穿根绳戴着玩,上边的字是"勤且敬",唯这个金锞子家大人说好,说做人要勤快,家大人的这话也只说过那么一次,我便记住了。记忆中那上边的孔像是家大人钻的,尔后穿了一条细绳,但我从来都没有挂过它。我还对你说过,我小时候过年最怕穿新衣,母亲大人把新衣拿来让我穿,我亦是生气,直到现在,过年的时候,我从来都不会簇新的一个人出现在人们的面前。再说到金锞子,过大年的时候,家大人会把金锞子拿出来给我们,亦像是一种仪式,过后必会收起,用母亲的话说是"我替你们收着"。金锞子没什么好玩,但还记得小时候家大人说这几个是谁的,那几个又是谁的,而后来,那三个金锞子便算是我的私房。但几次的搬家,不知道把它们放在了哪里,忽然想起,却再也找不到。昨晚就又找了一下,因为怎么也找不到,忽然就觉出金子的好来,金烁烁的一锭又一锭,虽然小。

古时候把金锞子叫作"金瓜子",可见其小。马上老弟,我不说你也会明白,即使是我们现在给晚辈发压岁钱,也不会一下给几万,压岁钱不在多,也只是个意思。再说到金锞子,《红楼梦》第四十二回写到某某"说着便抽系子,掏出两个笔锭如意的锞子来……"第七回中又有两个"状元及第"的小金锞子出现,这些金锞子都不大,都是当作小物件送给晚辈们的见面礼,并不只是过年才会拿出来的什么稀罕宝贝。金锞子虽小,可以小到瓜子那么大,但和金元宝还不是一回事,金元宝沉甸甸的再压手也只是一种货币,而金锞子有艺术的成分在里边。从金锞子说到金元宝,如果有人把金元宝和商周古玉放在一起谈是让人笑话的,金元宝与商周古玉,其身份,怎么说呢,你自己去想,不用我说明。今天已经是大年初二,天还没亮,远远近近已经有人在放爆竹,虽然稀稀落落。天亮后,我也许会再找一找,如果找到我的小金锞子,倒可以让你一看。毕竟,现在的金店不再做这种东西,即使做出来也没过去的好看,在我的眼里,古人是做什么都好,你说我是复古派,我倒喜欢。我现在觉着穿着棉袍坐在那里喝茶最好,如果你让我穿了西服坐在那里品茶,我会很不舒服,再好的茶也会像是马上就没了滋味。

马 戏

关于酒,实在是没什么好说。世上好像只有两种人:一种是极为好酒的,嗜酒如命,一天两三顿地喝;另一种是不好酒,看到酒就来气,更别说喝。我恰恰是属于那种不好酒而且能喝的。并且再三地说要戒酒,但朋友一来,便往往又川流不息地被勾引去大喝起来。昨天又喝了大酒。酒怎么分大喝小喝?如果是高度的二锅头,半斤以下算小喝,八两以上算大喝。昨天喝了足有八两之多,是大喝。喝酒之前,去朋友那里摘了两朵牡丹,刚刚绽开的一紫一白,酒后却不知忘在哪里。及至下午回到家,却忽然想起了马戏。坐在那里原想安安静静看会儿书,木心的那八本,想再看看里边有什么文章可看,忽然就有鼓声和号声从外边一下子轰然大作地传了过来。这鼓声和号声不是民间的那种红漆腰鼓和唢呐所为,是所谓的洋鼓洋号,现在这样说的人已经不多。所谓洋鼓,是可以挎在身前敲打的那种军乐团的鼓,而洋号却也是小号或大号或是拉管。外边既然是轰然地打鼓吹号,可能是又有什么商店在开张,我却想起了马戏。小时候,也没人告诉你有马戏团来了,但只要洋鼓洋号一响起来,便知道有马戏可看了。查一下辞典,"马戏"这个词最早出现在汉代桓宽的《盐铁论》里,可见其古老。马戏，当然主角是马。狗熊和老虎虽然也要出场，但只是配角，当然还会有猴子和山羊，那就更是配角。马戏团的马总是都很漂亮，毛像缎子一样闪亮。十多匹马从后边列队跑出来真是好看，然后绕场跑，然后是立马、两条腿走，随后是跪在那里用两条前腿作揖，然后是列上队左走右走再倒着走，还要合着音乐的声音踏步。骑在马上的人要倒立，骗马，在马背上竖蜻蜓，他们都衣着辉煌，姿态英挺，个个都年轻而漂亮，没见过有老头或老太太在马背上翻腾的，那几乎是不可能的。所以，人们的目光都在他们的身上，脸上，腿上，胳膊上，他们手脚利索目光闪闪，在马背上来了个立蜻蜓，而忽然一下子又不见了，已经把身子藏在了马的身子下边。马戏团来的时候，小城便像是过节，乐声鼓声时时传来，总是不出门的要出门了，老也不上街的也要上街了。马戏团的车，那种很漂亮的车，用彩带和流苏装饰着，一辆一辆地来了，然后是搭篷子了，很高，远远就让人看到了，然后是围围子了，那种蓝布围子比一人还高，围起来了。看马戏的时候，不知有多少孩子在想，长大了就去马戏团！而也不知道有多少人会有更多更复杂的别的什么想法。我读庆邦兄的短篇小说《响器》时，就忽然想起了我们那个小城的一个人，就是市长的女儿，终于跟着马戏团的一个小伙子不知去了什么地方。朦朦胧胧中觉得那真是一件美好的事，这种事，应该多出。

马戏团来的时候，街道上的片警都比较忙，会挨家挨户悉心安顿一番，要人们晚上把门窗关好，是，点到为止，是，关切而又怕伤着了谁。这小城的人们也都知道，马戏团里的人都身手敏捷，人们会想

·100·

象，马戏团的那些人白天演出，到了晚上他们也许会去做点别的什么。说到马戏的演出，是很少有夜场，那些马们，那些狗熊们，那些亲爱的山羊先生们和猴子绅士们，还有鸽子，到了晚上一律都会睡大觉。片警们安顿人们睡觉的时候要警醒些，其他还有什么？那就是只可心领不宜言说了。马戏团现在都去了什么地方？有多少年多少年了，已经看不到马戏团的那种彩车，更别说那令人心跳的敲鼓声和吹号声。也许是因为喝了酒，忽然有些想念马戏，想念那些跟你没一点点关系的人，那会在马背上竖蜻蜓或单腿独立的年轻人，或者是平地拿大顶的人……

除夕记

除夕晚上，鄙人多少年来的习惯是喜欢一个人坐在那里静静读书，当然一边读书一边还会喝喝茶或吃些炒花生之类的东西，到了后半夜，也许还会再加一杯糖茶，以祈一年的甜甜美美。起码鄙人觉得这样过除夕是很有滋味的。从小到大，鄙人并不要也不喜欢和许多人在一起谈笑打牌或京剧慢板样的饮酒达旦，也不喜穿新衣。传统的守岁，其实是要人珍惜一年之中最后的时光，只此一念，便要让人心生百念，这纷纷的百念是既美好而又多少有些伤感在里边。鄙乡人们喜欢说的一句话是："一寸光阴一寸金，寸金难买寸光阴。"其实一年三百六十五天天天时光都在那里，并不会特别地为了谁忽然停顿下来止步不前，而唯有在除夕夜细思细想这句话，才会字字千钧令人心惊。过去还有这样的一副对联，上联是"无情岁月增中减"，下联是"有味诗书苦中甜"，只前七字，便让人心惊，便让人知道世上雨丝风片烟波画船的绮丽往往转眼如梦。

我的朋友雷平阳平时并不轻易开口唱歌，有时酒酣耳热便会站起来唱这首"一寸光阴一寸金，寸金难买寸光阴"，那一定是大家都已经喝了不少的酒，他也已经喝了许多，便会扬着头"呵呵呵呵"地唱起来，歌词原是极简单，每一段的后面都要加上一句"唉，可怜人……"每每唱到此，总是令人内心起一番震动。人之可怜，原来并不在黄金白银有多少，而是在于光阴总是一刻不停地从每个人身边流走，把美人变做老妪，把英雄变做呆老，把青春变做垂暮，把黄金变做烂铁！时光并不会因为你是英雄它就会停顿下来，也不会因为你是显贵它就会一下子跳开，时光是最最公平的，它总是急切地流走，比水还流得飞快，一旦流走，便从此再也不会回来。每每听平阳唱这首歌，心情真是百味杂陈。人说来也真是可怜，从生到死，仿佛不过只是一眨眼间的事，回头看看，不觉已长大，不觉已老去，快乐的时光不觉已是"梧桐叶落已成秋"般地变作了遥远的回忆。一个人的快乐大致只在童年、少年和青年时期，在父母的身边，一切才皆是快乐！

早上起来，外面便有零零星星的鞭炮声，吃过早饭，便想找找小时候玩的东西，比如泥人，还有那种可以拓泥人的模子，想找出来看看，还有那盏琥珀色的小玻璃灯，还是父亲给买的。找这些东西也只是为了想想当年的时光，时光既留不住，回忆还是会在一个人的心里生根。

说到除夕的守岁，还有一层爱惜不尽的意思在里边，也并不是只有时光易去的伤感。鄙人今年的水仙开得比往年好，叶片才一指多高便纷纷抽出花蕾，除夕夜有它，其实也就足够，忽然又想到了日本作家川端康成的那篇随笔《花未眠》。其实人未眠花才未眠，人与花原是一样的好，也一样的短暂易逝。

初五记

夜里喝茶，照例是喝绿茶，并不会特意去找出普洱来喝，家里人都睡了，远远近近有零星的炮仗声，但人们大多都已睡了。明天是初五，是"牛日"，在鄙乡的民间，大年初五叫"破五"。中国人的数字，"三"算一个特殊的，"三阳开泰"，小孩生下后第三天的洗浴叫"洗三"。"五"这个数字却也果然不一般，五月端午，这一天在古时是做镜子的最好的时间，要用江心水，许多古镜上都有"五月五日江心水做照子"字样。"五"这个数字放在年这里，也就是说，热闹的年要告一段落了，小时候，一过初五，饮食上的变化就是要吃粗粮了，所以，鄙人对初五这个日子并无多少好感。现在吃粗粮是件普遍都被人们认为是有益于健康的事，但粗粮给我的记忆并不那么好，最难吃的粗粮我以为是紫红的高粱面。以高粱面蒸窝窝头，现在想想都让人觉得胃里难受，很难吃，热吃很软，味道打死也不敢说好，凉了吃，十分地硬，有几分像胶皮。以高粱面打一锅糊糊，颜色有几分像是猪血，真是难喝。现在的饭店里可以吃到各种的粗粮，但唯有高粱面做的食品没有多少花样，乡下的那种软高粱可以用来吃糕，很软，要有好一点的菜，勉强可以下咽。但炖一锅羊肉用来吃高粱糕又像是大不对头，起码在鄙乡，你这么做会被人笑话，也没有人这么做。高粱米做米饭好吃吗？也不好。

初五一过，浩大的春节便会告一段落，虽然炮仗声远远近近在一大早就又已经响起，但毕竟让人感觉到有气无力，其意兴已近阑珊。说到"破五"，在民间，这一天并无别的特殊的地方可以让人言说，只是饭食开始改变了，粗粮可以上桌了，这也只是以前，而从大年初五开始，另一种真正的热闹要开场，那就是各戏班可以开始唱戏了。现在的城市里，人们很少看戏，所以戏班都去了乡下，这就让人又想起鲁迅先生的那篇有名的《社戏》。而在北方，刚刚下过两场雪，地上的冰忽然冻得一如琉璃，出门走路，人人心里都很虚，步子也都虚虚地迈着，唯恐滑倒，这样的天气，也真是不宜去乡下看戏。

还是坐在屋子里以喝茶读书为宜，年前谁堂赠送两本艺僧六舟的精装本，有水仙相伴，这两本书便让人觉得很有滋味，读读翻翻，喝一杯"张一元"的花茶，吃一块"稻香村"的牛舌饼，远远近近响着零落的炮仗声，我的初五，便这样开始。

鸡鸣帖

　　关于鸡的叫声，凡家中养过鸡的人不难分辨出雌雄。早晨的鸡啼，"喔喔喔喔，喔喔喔喔"当然是雄鸡，而"咕哒咕哒"不停不歇地叫起来，那一定是母鸡生了蛋，若是几只母鸡同时生了蛋一起叫起来，尤其是夏日的中午，是让人讨厌的。而乡间的炊烟和远远近近此起彼伏的鸡叫想来又是一件让人感到温馨的事情。

　　说到民间的养鸡，南方用竹编的大鸡笼，到了晚上鸡会自己跳进去，北方则是鸡窝。古人把鸡窝叫作"埘"，埘是在土墙壁上挖洞做的鸡窝，山西的黄土高原上现在还能看到，不但是鸡，鸽子也照样会住在里边。这样的鸡窝，乡下的土窑洞上挖七个八个都可以，如果是瓦房或一般的薄土壁房则不大合适。北方不住土窑洞的人家养鸡照例是要盖鸡窝，鸡窝里向来是要有能给鸡落脚的地方，那就是鸡窝里要搭木架，鸡生来不会席地而卧，所以北方人把鸡窝又叫"鸡架"。一般人家养鸡，七八只或十多只母鸡就必要有一只雄鸡统领才不会纲纪大乱，也不用投票选举，母鸡们都知道那只雄鸡就是它们的首脑，除了伏身妻妾于它，还会得到它的保护。鸡埘之上，照例还应该有一排让母鸡生蛋的小窝，这么说来，北方的鸡埘倒像是座二层的小楼。母鸡下蛋的小窝里照例是要铺一些草秸。鸡其实和人一样，生产之前是孕妇，生产之后是产妇，只不过隔一天生蛋或一连几天都生蛋让人司空见惯不以为然罢了，如果一只鸡要十年才会产一枚蛋，那鸡的地位也许堪比非竹实而不食的凤。

说到鸡叫，忽然想到了《诗经》里的句子"风雨凄凄，鸡鸣喈喈"，鄙人小时候是比较讨厌下雨的，天一下雨，第一件麻烦事就是不能出去玩，第二件麻烦事就是如果要如厕就必须一踩两脚泥，虽然有上海出的那种橡胶雨鞋，但要是碰上两三天都会连绵不断的小雨，真是让人在心里陡生气闷。不但是人的心情不好，鸡缩在鸡埘里也会不高兴，下雨，天气寒凉，鸡便会在鸡埘里发出一片"喈喈喈喈，喈喈喈喈"的叫声，这叫声不大，像是在哆哆嗦嗦。有时候人还在被子里半睡半醒，就听到了外面的"喈喈喈喈，喈喈喈喈"，不用问，外面又在下雨，以鄙人的经验而言，只有下连绵不断的小雨，鸡才会"喈喈喈喈，喈喈喈喈"地叫。天大冷，比如冬天来到的时候，鸡埘的门上会被覆以小棉被似的小门帘。即使是这种天气，鸡也不会发出雨天的那种"喈喈喈喈"。

至于"风雨潇潇，鸡鸣胶胶"，则让人大不明白，不明白是什么情况。鸡能发出"胶胶"的声音吗？鄙人好像长这么大都没有听过如此的鸡叫，也许"胶"的古音不是 jiao 而是其他什么音也说不定。

换春衣

还是在腊月的时候，就和朋友们约好今年春天要去看一回梅花和玉兰，结果是诸事繁忙，春天忽然就来了，而忽然马上又要过去了，南方的梅花和北京的玉兰已开到阑珊。萧山的唐梅和宋梅也只能在想象之中，好在它明年还会再开，也不会忽然被人连根拔去。但无论怎么说，总觉得今年没有到南边去真是一件憾事，但不遗憾的是吃到了很好的荠菜包子，却不是庆丰牌的那种，是朋友事先包好然后速冻用保鲜箱寄来的那种。吃过了荠菜包子，忽然觉得春天真是来了。每年一到这时候，总是要怀念母亲。在这换春衣的季节，也就是古人所说的"春服既成"的季节，很想学习一下孔子的"暮春者，春服既成，冠者五六人，童子六七人"，是既邀成年人亦邀未曾成年的人一起去郊外踏春。在骀荡的春风里脱去冬衣，换上春衣。说到春衣，向来应该是两层的那种夹衣，现在把两层的衣服叫夹衣的人已经不多，而西服肯定是夹衣之属，因为它是两层，但不会有人把西服叫作夹衣。春天虽然一天比一天暖和起来，但春天毕竟不是夏天，到了夏季，脱去夹衣，才轮到穿单衣，单衣也就只一层夏布，是北方所谓的"单衫"。陆游有诗曰：过尽梅花把酒稀，熏笼香冷换春衣。秦关汉苑无消息，又在江南送雁归。这首诗里特地点明换春衣，可见衣食之于人生并不是一件小事。陆游先生这里所说的熏笼可能与陈洪绶笔下的那个美人所倚靠的熏笼不是一回事，陆游先生这里的熏笼想必是烘衣所用，而陈洪绶笔下的熏笼却应该是在熏香。烧一点沉香，再罩以一个很大的竹编的笼，人倚在笼上即使是什么也不做，让旁观者看了也是一桩有美感的事，但此人须不胖大才好，竹编的熏笼方承受得住。

春天的衣服，向来应该是在冬天里慢慢做起，刀尺量裁亦非轻松之事。1949年之后，不是你拿上钱就可以去什么地方把现成的衣服一下子买回来，极为少数的人家是去裁缝铺做，要不就是请裁缝上门，但大多数人家都是主妇在那里夜以继日地针黹辛苦。母亲去世多年，我还保存着母亲当年使用的一枚铜顶针、一枚铜把儿的小锥子。有时候我会用它来装订一下书本。写这点文字的时候，有位朋友说他的亚麻衣服拿到下边的洗衣店去收拾，而洗衣店不但费了好大的工夫把亚麻衣服用熨斗熨得溜平而且还要多加收五元手续费。这真是一件很好笑的事情，不过现在穿亚麻衣服的人毕竟少了。亚麻衣服的好就在于它的松松脱脱，清代宫廷画家曾画有《雍正帝行乐图》，雍正帝着道装，其衣服上的衣纹真是水纹般多到不能再多，现在想想，那应该是件亚麻长衫。但春天即使再暖和，也还不到穿亚麻的时候，这"春衣既成"的春衣实实在在应该是夹衣，正经的春衣应该是两层的夹衣，里边如果再穿一件衬衣便是三层，坐在春风里是应该有些热了，但如果只穿一层的单衫，早晚要凉，夹衣里边什么也不穿，好像又不太好。但阴历庚子的今年好像已经没了春天，还没出阳历四月，气温已经是零上二十七摄氏度。感觉是从冬天直接一下子就进入了夏天，这样一来，你即使准备了春衣也没有穿它的机会。

清明帖

后来，及至我到了南方，才知道那边的清明节要比北方的热闹许多，乡下的人要采来大青和小青去做糯米团子，竟有年节的喜气在里边。大青小青是青蒿的嫩茎嫩叶，把它们放在蒸好的糯米里用木槌在石臼里"砰砰"不绝地捶捣，其声亦是喜悦不停。日本也有这种食品，团团地放在那里只让人觉得碧绿清鲜，这是一种季节性极强的食物，其实也只是吃一口清鲜，而在北方却向来没这种吃法，也可以说在北方到了清明这天没有什么规定必须要吃的东西，比如元宵节的元宵，立春日的春饼之类。在北方之最北的比如山西的雁北，乡野里在清明前后也只能见到一点点绿，很淡的那种绿，远看有，离近了却又像是什么都没有，而在这个时节从地里长出来的东西却往往又都让人惊喜。比如这时的韭菜，是苗嫩的，粗且短的好看，而必然又是好吃；比如羊角葱，那种灰绿之上顶着一点的鹅黄真是喜气，让人看了即刻就想拿它来入馔。鄙乡在山西之最北，是风高清寒之地，而到了清明也照样的会有时鲜上市，那种只有在春天才能见到的菠菜，俗名叫"爬地虎"，看上去几乎和大一点的"婆婆丁"差不多，但这个只有在春天才能吃到的菠菜真是肥苴，味道亦是清甜。这样的蔬菜一年也只有在清明前后才可以吃到，所以每每被人珍重。清明前后走亲戚，若能带上一捆这样的韭菜或是这样的"爬地虎"，鲜物虽然在篮子里，但春天的好风日即刻也像是被带了过来。

　　清明节，说来也是怪事，虽在北方，亦是多风多雨，而这风雨却是春天的种种情谊都在里边，往往是细而无声的就那么下了起来，所以说杜工部的"好雨知时节"这首诗里最好的句子本是那句"润物细无声"，是苍天厚地对人世的体体贴贴，不像夏天暴雨的不仁，动辄取人性命，忽然海啸，浪起如山，亦不像是秋雨的淫淫，要百物发霉且入夜让人寒冷难耐。而清明时节的风风雨雨，都一如处子的静贞和安好，连脚步声都听不到就来了，稍稍一坐，即刻又离开，让人想念它的好，出门望望，已不知它去了哪里，即如宋人话本里所说的那样，春天去了哪里？是燕子衔了去？不是。是流水流了去？也不是。是画檐上的蛛网结了去？也不是。百般地问，百般的不是，其实是在说人对春天的眷喜之情。更有好句子让人喜欢，也只是说春天，"若在江南赶上春，千万和春住。"这句子真是出奇地好。

　　每到清明，人们照例要去给亲人扫墓，在我，是极喜欢那种老式的扫墓踏青，一家老小都穿戴齐整了向郊外出发，坐车或是步行而去，竟是一如走亲戚。最爱让人看到的还有就是一家人团团坐在春风里，旁边就是已故亲人们的坟头，而人们此刻的脸上是亦无悲伤亦无喜悦的那种亲和淡然，这时候的一杯酒、一箸菜，都是与遥久不见的亲人共享，一时多少往事旧情！

　　说到清明节，是春茶下来的时候，而说来也怪，时至清明，新茶一到，我便常常会梦到故去的亲人，这真是奇怪。比如前几天就忽然梦见了父亲，他居然还是那样年轻，虽年轻，但我在梦里也知道他是我的父亲，我给他把茶斟上，父亲说还是用那个大缸子吧，那个好用。父子梦里相见，父亲竟不说茶的滋味，亦没有别的话，忽然梦醒过来，才知道再过不了几天便是清明。有些事，是无法说明，而我们生活在这个世界上，真是不必事事都要说明，说不明白或有意不说明白是我们现在处事的最好方法，用郑板桥的一句话，那就是"难得糊涂"。既说清明节的事，忽然又说到郑板桥的这四个字，清明与糊涂原是不能放在一起，这真也是有违清明之意。再说清明，乡下还有一说，是一过清明节，天地间便会清明起来，狂风也不再刮起，黄沙也不会再扬得到处都是，从此日始，天地间便会一派青绿起来。

　　说到节气，人人都知一年是二十四个，但我偏偏喜欢"清明"这一节气。虽说"谷雨"也好，有谷在里边，有黄黄的颜色在里边，但若与"清明"相比，却远没有"清明"二字来得大气。清明虽说让人看不到什么，但只此二字，便让人觉得天地间透亮贞洁。

穿鞋去

一般的人，除了晚上脱去鞋子上床睡觉，白天很少有不穿鞋的。当然有一辈子不穿鞋的专业户，比如那个民间传说中的赤脚大仙，查一下相关词条是这样说的：赤脚大仙，道教传说中的仙人，是仙界的散仙，在仙界之中他没有什么固定的职位，一般情况下他总是在四处云游，以其赤脚装束最为独特，民间传说中他常常下凡来到人间，帮助人类铲除妖魔。他性情随和，平常以笑脸对人，对有心向善的妖怪也会网开一面，但对邪恶妖怪却从不留情，双脚就是他的武器，曾经降服众多妖魔，是天下妖怪的克星。据说赤脚大仙身上带有不属于六界的异宝，令他不惧百毒。

神仙是神仙，可以赤着脚腾云驾雾飞来飞去，但我们凡人居家过日子不可不穿鞋子，而且同时要备有三双鞋子才好，一双在家里穿，一双进佛堂或教堂时穿，一双专门穿来如厕。尤其是夏季，下过雨，满地泥泞，乡村的那种露天厕所里更是泥泞，而那泥泞之中或有更多的不洁之物，你从这样的厕所里出来，再去任何地方都像是不太方便，所以得换鞋。现在穿套鞋和雨鞋的人不多了，仔细想想，套鞋有很多好处，走泥泞之地，把橡胶的套鞋套在鞋子外边，进家的时候可以把套鞋脱下来。这种鞋大多都是橡胶制品，弹性很好，可以紧紧地套在鞋子外边。下雨天出去访客或者到图书馆里去借书，再或者是去教堂或寺院，备有这样一双鞋确实是很应该。当然打赤脚出来进去亦非不可，就像田山花袋在《棉被》里写的那位年轻的乡村教员，下过雨去什么地方，进家的时候先要脱掉木屐用擦脚的毛巾把脚"咕吱咕吱"地擦一擦，这在日本可以，在中国好像没这样的习惯，主人也不可能给上门的客人准备擦脚的毛巾。在乡下，有时候打赤脚也很好，在地里插秧当然是最好不要穿鞋。半个世纪前，在中国，尚有"赤脚医生"这一说，现在想想，那形象也好不到哪里去，一个医生，总是打着赤脚到处走动，这也只能是在南方，在北方，一过立秋，赤脚走路，人恐怕就会给冻出病来，即使不冻出病来也会时不时犯"抽筋"，小腿肚子那里抽起筋来不是一件让人舒服的事。把"赤脚"与"医生"连在一起，也只能是那个时代的荒唐事。中国的辞典里，除了"赤脚医生"这一条，还可以查出来的就是我们刚才说过的"赤脚大仙"，我以为赤脚大仙广受信众们的欢迎是因为他具有乡下人一般的随随便便的态度。而"赤脚医生"这一名词的寿命也只有二十年左右的光景，现在再无人说起，查辞典恐怕也查不出来。说到鞋子，说到居家过日子的必备三双鞋，这与李叔同分不开。李叔同出家后法号是"弘一"，关于鞋子，他的意见便是同时要备有三双才好，一双进佛堂念经，一双平时穿用，一双如厕时穿。这也可以看出李叔同的卫生观念，也是一种讲究，人活在世上，能讲究便是一种福气，同时拥有三双鞋子不是一件难事，但出门在外临时内急要想上厕所无法换鞋却是一大问题，所以，持律再严，也难免不被现实打破。这么一想，我以为那种橡胶套鞋还是好，我的南通薛家奶奶，年轻时定是美人，她于下雨的天气里便一定要穿这种套鞋，进家的时候便先把鞋子脱一脱，放在一边，离开的时候再把套鞋穿好，如果老天还在淅淅沥沥的话。古典名著的《金瓶梅》一书里专门讲到过李瓶儿的鞋子，她去世后有许多的鞋子给翻出来，潘金莲还指定了非要其中的哪一双，却没有讲到套鞋。

我在家，一般穿拖鞋，人字拖，即使跑动也不会掉，有时就那样穿着出去，去吃早点，或者去散步，但有一点可以肯定，不会在下雨的天气里穿着这种拖鞋去那种遍地泥泞的厕所。再说这种厕所在城市里现在也很少见了。

清　光

　　常记儿时半夜起来坐等家父从车站回来，外边是好大的月亮，胡同里石板上是满满湛新湛新的清光，也不是雨湿，而只是月亮洒落在石板上的崭崭白光。父亲归来，虽已是夜深，而母亲照例要给家父做饭，一拉一推的老式木头风箱即刻响起，单调而让人感到温暖的声音在这样的夜晚会传得很远。炒菜是不会的，下一碗面或再加上两颗荷包蛋，是父亲的晚餐，如果这也可以算是晚餐的话。这样的晚上，还有别的什么事，到后来竟全部都忘掉了，忘不掉的只是那湛新的月光，那月光竟是有几分温婉的意思在里边。

　　再一次，是我的朋友也是我的学生领着我走山路，是往一个村子里的小学赶，赶去做什么？是去睡觉，因为只有那里干净一些。我便深一脚浅一脚紧紧跟定了他，虽是走山路，但亦是远远近近的一派清光，那么好的月亮在城里是看不到的，抬头与天上的星星互相对望，虽是谁也不认识谁，但也竟让人在心底发一声赞叹，整个的夜空，是刚刚打扫过的那种清旷，每一颗星星都像是被人仔细擦拭过，真是好看。那山野田垄里的清光真是来得浩大，浮在远远近近的庄稼地和山峦之上，真是一派清光爽然。

再有一次是随怀一去大觉寺,看了玉兰,喝了茶,而且还吃到鲫鱼。怀一说起"非典"时期的事。说那时候他就被安顿在大觉寺里住,而且把床就安放在露天的石墙之下,据说野猪有时候会突然闯入。那样的晚上,明月在天,清光在地,古刹钟声,自是清冷,想一想,真是令人向往之至。那天怀一只是一味说野猪,我倒希望听他说某一头野猪突然一下子钻到他的床下或再把床拱起来的险事,却最终没有,不免让人失望。世人只知男女相悦是艳福,而露天睡在大觉寺里看月亮,我却以为是比艳福更要好上十分的事。想想那遍地的清光,满耳的虫鸣,里边竟满满都是诗的意思。只可惜玉兰盛开的晚上是不能露宿的,如能露宿,把一张竹床支在玉兰树下,白白的玉兰花,设若再有好月亮。

有时候,半夜的时候我起来,碰上月亮好,我会朝外望它一望。不为什么,只为看一看那清光,看一看天上的月亮,在我心里,不知为什么,总觉得那月光里真像是有看不到的金粉银粉,正在絮絮洒落。

当年学画

我跟朱先生学画,是从帮着裁纸、磨墨、兑颜色、拉纸开始。朱先生脾气大,人却好,他最喜欢的画家是齐白石,不怎么喜欢王雪涛,他说吴昌硕太灰,任伯年笔好但少意境。徐渭是个疯子,容易让人学坏。八大的鸟是漫画,总是在那里瞪人也不好,八大出身虽富贵画却不富贵。而朱先生说他自己画了一辈子都没着落,我不知道朱先生要着落到什么地方去。

朱先生画紫藤的老杆用一种笔,画紫藤的花又是一种笔,朱先生用大笔画很细的线、很小的叶片,而落款却是用小衣纹,小笔写大字,写两三个字,墨就没了,再蘸墨再写,朱先生的题款总是浓浓淡淡直至枯干,很好看。朱先生画画,养花养草,没事拉京胡,一边拉嘴一边跟上动。忽然他不拉了,过来看我,小声说:"这地方交代清,这些叶子是这根上的呢还是那一根上的?画画别复笔,别描,一描就臭了。""写字不能描,画画也不能描。"后来,我已经大了,但还是经常去朱先生那里看他画画,朱先生坐着,我站着,没有对坐的习惯,也不敢,是执弟子礼。我给朱先生磨墨兑颜色,我磨的墨,朱先生用的时候总是说:"合适。"有一次,朱先生忽然很高兴,说花鸟能行了。我不知道朱先生这话什么意思。后来就看到了那张《毛竹丰收》，朱先生很兴奋，说还是竹子好看。朱先生教学生画画，从来没什么理论。朱先生说："中国画就是这样一代一代传下来的，我画你看，比任何理论都好。理论是什么？理论是没事在那里嚼蛆。"又说："齐白石就不画素描！"又说："学中国画就要先学会磨墨兑颜色裁纸。"

朱先生去中药铺抓药，只一味，是赭石，十两、二十两，或三十两。

拉药斗子的伙计很吃惊，问："这是治什么病？"

"治我自己的病。"朱先生指着自己的鼻子说。

雁门关一带出好赭石，我弄回许多，却总也弄不好，朱先生说找块磁铁来，他来弄。

这是四十多年前的事，先生去世多年，以后谁再教我？

玻璃屋

　　我南边的露台很大,除了种花种草(当然是种在一个一个的盆子里),有时候还可以一个人在上边一小圈一小圈地散步,那当然是在夏天的晚上,头上是满天星斗。如果接近秋天,露台上蚊子就多了起来,便不能再散步。我对朋友们说我的散步是在天上,许多人都说这就是浪漫,对我,却实实在在是写实。我南边的露台之阔大确实让人可以当作锻炼身体的地方。因为这个露台的阔大,也因为冬天好让南国的梅花过冬——说到梅花,到了冬季,如果把它们搬到屋里来,它们会早早就开了花,所以我让朋友帮忙请工人在南边的露台上加修一个玻璃小屋,冬天来的时候可以把梅花和石榴放在这玻璃小屋里边,既可以晒到太阳而又不至于冻死,而到了腊月底梅花也能开得很好。关于这个玻璃小屋,原来的打算还想请朋友们坐在里边喝茶,也不能有太多的人,两位最好,四位也可以,虽然有些挤。或者还可以在这小屋里品品沉香。但想归想,实行起来却往往落空,一是朋友来了,好像也不太方便请朋友们即刻上楼就喝起来,到时候还得要到楼下去一次次地取开水。品香也只是想想而已,品香比喝茶难,要有懂香而又迷香的朋友才好,而我的朋友里边没几个精于此道。所以这玻璃小屋更多的时候是我一个人待在里边读书。里边是一张蓝布躺椅,一张黄漆小榆木方几,再有就是一个大方盆子,里边种的是永远很细的紫竹,方木几上可以放书和茶具,我平时喝茶也只是一个杯,很大个儿的那种玻璃杯,倒一次水能喝好一会儿,不用跑上跑下取开水。这样大的杯,以之泡"太平猴魁"恰好。画家杨春华这次从南京来特意送我一具她亲手画的紫砂壶,上边还刻了许多字,这样的壶现在我也只是用来看看而已,很少用来喝茶。

我在玻璃小屋里读书的时候,如果是楼下来了客人,谈话的声音就会很小,不会影响到我读书,所以说这玻璃小屋是我家里最好的读书所在。读累了,有时候就那么躺在蓝布躺椅上看看玻璃小屋外边的花草。这几年我的眼睛有一点点老花,但画工笔草虫还可以,只是看书的时候要把近视镜摘掉,要是看远一点的地方,比方要看一玻璃之隔阳台上的花草,如不戴近视镜,一切就都会朦朦胧胧起来,比如露台上的晚饭花,就是一团一团模模糊糊的颜色,像是国画颜料在宣纸上洇开了一样。所以是,看书的时候把眼镜摘了,不看书的时候想看看这个世界就还得再把近视镜戴起来。如在夏天的中午,躺在这个玻璃小屋里还可以吹吹凉风,但要把竹帘放下来。冬天到来的时候,玻璃小屋的玻璃上照例会结满白花花的霜,玻璃上的霜很好看,用周知堂先生的话说就是"满玻璃的山水花草"。冬天太阳好的时候,这玻璃小屋也可以让人一边晒太阳一边看书,一边听着外边虎啸样的北风阵阵刮过。有时候我很想在玻璃屋里安一个小火炉,在上边酽酽煮一壶砖茶,但不知请谁来一起喝。

世上的幸福多种多样，能够在洋酒吧一边听钢琴一边轻呷"玛格丽特"是一种幸福，而独自在我这样的玻璃小屋里读读书喝喝茶也是一种幸福，虽然常常是我自己一个人。有时候我的爱人会陪我在玻璃小屋里小坐那么一会儿，她会建议明年在露台上多种一些什么，比如她喜欢蓝色的花朵，我就会在心里想明年不妨就多种些陈从周先生特别主张的"书带草"。"书带草"开花是淡淡的蓝，是从初夏一直开，是一小穗一小穗，不张扬，却很好看，天快冷的时候还会结出一粒一粒紫红色的果实来，大小恰如出家人手上的菩提子念珠，当然，也很好看。

　　宽堂老人的院子里原来有一间玻璃屋，而且不小，是专门用来养花的，这次去，发现玻璃屋不见了，已经变成了藏书室。在自家的院子里养花养草是不能雇工人来做，一旦自己做不动，养花的玻璃屋变成藏书的所在也很好。或者是，书多得没地方可放，让花草把地方腾出来给书也不是说不过去。花草里没书，而书里却什么都有，包括各种的花草各种的颜色和各种的芬芳。

妆　点

小时候只有六七岁，鄙人不但会念几首儿歌，还会念几首大人们才懂的民间打油体诗，是里坊间的那种，多为长短句，出语多俚俗暧昧。说它暧昧好像亦不是，暧昧的事好像总是不大能公开与人见面，而俚俗的打油体里所说的事却是明摆在那里的。比如这首打油体的诗是："搓粉呀，戴花呀，腿间夹个海蚌呀。"而这首打油体唯有用了鄙乡的土语念了才合韵好听。"蚌"在鄙乡的发音是儿化了的，这在别的地方没有。我这里把这首打油体写在这里，凡是鄙人的乡党看了便会有会意的笑，而如果让我念，我一样地还念得来，却解释不那么清。还比如这一首"拔火罐，黄瓜片，臭泔水把娃洗个遍"民间体的打油诗，我现在依然不懂，但也知道它是暧昧的，现在如果听到有人念也不见得有什么反感，而且觉得有乡情在里边让人怀旧。而忽然说起海蚌是因为小时候见人们经常用一种油来搓脸搓手，那油便是放在海蚌壳里，用时打开，不用时合上，油只在里边。以海蚌壳盛搓手的油，真是不浪费东西，海蚌壳这种东西沿海很多，不用白扔了也可惜。而真正让人想起海蚌壳油来的缘由是画友耀炜今天忽然发图片过来让朋友们看韩国的男用蛤蜊油，是三个玻璃瓶，并排放在一个精致的盒子里。喜欢化妆品的韩国男人总是让我不那么喜欢,那次在韩国的澡堂里洗澡,看一个韩国男人在那里仰着头让人修眉便觉气短。为什么会说那是蛤蜊油?是用蛤蜊做的油吗?这首先要问一声蛤蜊会不会出油,肯定是不会,如果说那油是放在蛤蜊壳里,说它是蛤蜊油也差不多。便觉着奇怪,反想起小时候人们用的那种蛤蜊壳搓手油来。

只说小时,人虽然小,心却不小,下雨天坐在那里看着窗外灰蒙蒙的天也知道忧伤,一种说不上来的忧伤,而唯有这样的日子里,家里是一定会吃那种用莜面做的"窝窝",一个小筒一个小筒地挨着放在蒸笼里蒸熟,浇上羊肉汤颇不难吃。为什么天阴下雨总会吃一次这样的饭,我现在亦是说不来。能说上来的是做饭的王妈让我生厌的是每到这样的日子便照例会在额头上拔火罐,一个、两个、三个,还不够,再拔一个,是并排的四个,额头上黑紫黑紫四个圆圆的火罐印让人看了心惊胆跳。而现在我们在街头上走,是很少能看到这样的景致,一个女人当面过来,额上一排四个黑紫色的圆印,这委实是不怎么好看,而那时的张妈、王妈、李妈或是别的什么妈简直是以拔火罐作为自己的妆点。过去的土产商店里有卖这种专门用来拔火罐的用具,鸡蛋大小,样子很像是高且深的酒盅,稍稍鼓那么一点点肚,稍稍收那么一点点口,外面照例是上了釉,而且是鄜乡最著名的黑釉,那釉真是黑,真是亮。鄜乡古时烧这种釉最著名的是一个叫"青瓷窑"的地方,那里曾出辽代鸡腿坛,真是黑,是不能再黑,而且亮。而土产商店卖的那种拔火罐亦是用这种釉。而现在这种拔火罐已经让人见不到了。还有一件让人不能喜欢的事就是做饭的王妈,或还有别的什么妈,如果是夏天，碰巧她在切一根黄瓜，便会一边切一边把一片一片的黄瓜片贴在额头上，一片、两片、三片，还像是不够，再来一片，四片。黄瓜片居然能够一下就贴在额头上，额头上贴着黄瓜片，但不妨碍她继续做事，直到吃饭的时候，她嘴巴动，那黄瓜片忽然掉下来一片，忽然又掉下来一片，她照例会把它捡起来放在嘴里吃掉。我在旁边看着她，心里便百般地不愉快。有时候她额头上贴着那样的黄瓜片就去街上买菜，而且还要带着我，这真是一件令人反感的事情。而令人反感的事往往会成为一种风气，只记小时候，跑进跑出看到几个女人坐在一起说话，忽然找一根黄瓜来切切，每人拿几片就在额头上胡乱贴起来，然后继续说她们的话。夏天的日子真是悠长，以黄瓜片装点自己，现在想想，亦像是有些怀旧的意思在里边。这篇文字写到这里，忽然不知该归到何处了，絮絮叨叨说半天，从额头的火罐印到黄瓜片，总结一下，说它一定会起到什么样的治疗作用还不如说它只是一种妆点，古时人们喜欢说的两个字是颠倒过来的——"点妆"，而现在我把它颠倒过来，说它是"妆点"，而且是民间的"妆点"，这正好用来做一回题目。

夏日记

夏天之难过在于动辄要让人出汗，而且容易长痱子，近得一民间偏方，小儿出痱子可以用生姜切片擦擦，比风油精之类要好得多。记得那年在峨眉山报国寺，一时肚子痛起来，老和尚命喝风油精，喝下去居然很快就好了，那是第一次知道风油精居然可内服，不管说明书上怎么讲，总之是内服了一次，至今也没什么事。夏天让人难受的事还有就是胃口不好对付，吃什么都不香，而且很热的饭吃下去就要冒汗，而大量吃凉的也不是好事，比如把街上卖的冰棍一根接一根吃下去谁也受不了。冰箱现在是普及用品，买一大堆冰棍放冰箱里想吃就拿一根，这事让古人看见必会叹为大奢侈。其实冰箱古已有之，春秋时期吧，因为手头没有图谱可翻找，我平时没事总是爱翻看各种的图谱，知道春秋时期的大墓就曾出土过冰鉴，也就是古时的冰箱，把冰块放进去，再把要冰的食物放在冰之外的那一层里。在古代，乃至现代，为了对付夏天的炎热，都是要储冰的，那年在北戴河，就看见工人们从一个坡底的洞里取冰，拉了一车又一车，据说那是一个很大的储冰之所，冬天把大块儿的冰一块一块存进去，到了夏天再取出来食用。北京这样的冰窖想必不少，但储存在冰窖里的冰到底能存放多久？

据说是可以保持一年都不化，一是冰窖要深，二是冰窖里储满了冰温度自然是很低，尽管外边是烈日当头，但里边的温度一定只能是零下。现在到处都有冷库，各地储冰的洞还有没有鄙人不得而知，但我想还是应该有吧，天然的冰洞储起冰来起码还会省下不少钱。新疆那边储冰，是先在地上挖很深的长方形的坑，然后把大块大块的冰放进去，在上边再苫上草，然后还要覆上土，到了夏天再把冰一块一块地取出来到集市上去卖，叫"冰果子水"。"冰果子水"也就是杏干和葡萄干泡的水，再加上一些刨成沫子的冰，在夏天，来一杯这样的"冰果子水"很是过瘾。

夏天之难过，有一个专用名词是"苦夏"，但你要是看一看专门割麦子的麦客，你就不会以为自己的夏天是怎么苦了。麦客不是人人都可以当的，首先那热你就受不了。但我们可能谁都不准备去当麦客，所以不说也罢。苦夏之苦首先在于人们都没什么胃口，与鄙人同乡的邓云乡先生说到了夏天最好是喝粥，粥菜便是咸鸭蛋，当然腌制过的咸鸡蛋也可以，但你不可能一日三餐都在喝粥，所以还要吃些别的。比如面条，那就一定要是过水面，面条煮好捞在凉水里过一下，然后拌以麻酱黄瓜丝再来一头新下来的大蒜。北方在夏天要吃捞饭，那一定只能是小米饭，蒸好，过水，菜是新摘的瓜茄之属，这个饭也不错。南方人的大米饭是否也这样用凉水过一过再吃？起码鄙人没这样吃过，也没听人们说过有这种吃法。但咸鸡蛋确实是下粥的好东西，而这咸鸡蛋也只是腌几天就吃，不能腌久了，咸到让人咧嘴就受不了。常见有人一颗咸鸡蛋吃两回，在咸鸡蛋的一头先用筷子弄个洞，吃的时候把筷子伸进去一点一点吃，吃一半，再找一小片纸把这咸鸡蛋的口封好，下一次再接着吃，这大概就是鸡蛋太咸了。

在夏天，天气最热的地方唯有一个地方能让人好受一些，不知是读谁的小说，像是李贯通兄的小说吧，主人公病了，发烧发得十分厉害，又是夏天，大夫就让人把他扶到家里的大水缸边靠着缸坐着，这不失之为一种取凉的好做法。小时候，看王妈做凉粉，把搅好稠糊状的粉膏用铲子一铲一铲地抹到水缸的外壁上，不一会儿那粉皮就可以从缸壁上剥下来，也就是做好了。买回来的黄瓜洗好了扔到大水缸里，拿出来吃的时候是又脆又凉。还有那种粉颜色的水萝卜，也是洗好了放在水缸里。还有西瓜，整个放在水缸里让它凉着。这必须是那种大水缸，我的父亲大人，曾把买来的鲫鱼十来条地放在缸里养着，我对那水便有些嫌恶，父亲大人反说把鱼放在水里水会更好，而且做饭也用那水，虽然用那水做出来的饭并没有什么特别的味道，但我也不喜。后来那鱼终被慢慢吃掉。家里的水缸，一年也是要洗上几次的，那样大的缸，洗的时候只有放倒，这便是小孩子的事，钻到缸里去，里边真的要比外边凉许多。

那种大缸，现在市面上已经见不到了，茶馆里偶尔还能见到，种几株荷花在里边也颇不难看。

说读书

说到读书，其实不仅仅只是读书人的专利，你有书读，并且有时间翻开它读，你就是读书人，如果说谁谁谁是读书人，谁谁谁不是读书人，这种说法仔细想想不太靠谱。在我们的生活中，即使是一字不识的人的家中也许都会有书在那里放着，即如《红灯记》里的李奶奶对日本鬼子鸠山愤怒地说："我一家饥寒交迫度时光，三代人都不识字，哪里有书在家中藏。"但到最后还是让李铁梅从里屋给找出一本黄历来，黄历算不算是书呢？怎么能够不算！一年一本的黄历上边有多少中国民间的学问，什么时候该做什么什么时候不该做什么上边都写得清清楚楚，那简直就是中国人的生活指南。比如赵树理先生的小说《小二黑结婚》里的二诸葛连种地都要按着黄历来，其实这并不可笑，在农村，农民们种地没有别出心裁的，没人想什么时候开种就什么时候开种，都是按着黄历来。但黄历上的知识我们现在许多人都不知道了，比如现在，你在街上拦住十个人问问他中国的二十四节气都有哪些个，恐怕有多一半的人都会答不上来。但如果没事翻翻黄历，你别愁不会知道那二十四节气都是什么。清明刚过，我现在喝着新下来的明前茶，但我就是不知道紧跟在清明之后的那个节气是什么，要想明白,就得去翻一下我们现在的黄历。

读书是件好事,一是可以让人长知识,二是可以让人打发时间,坐在那里静静地读书总比站在街头看狗打架猫号春的好。但读书就要买书,而且是最好买来就读,如果书好,不妨再再地读,也没见过谁看过一本书然后就把它撕了的,都会把它放起来,或者还会给它包个书皮,想起来的时候再从架子上拿下来读读,那是一种享受。比如《红楼梦》和《金瓶梅》,《牡丹亭》和《西厢记》,我就要求自己每年读它一次,买书,读书,紧接着就是要把书放在一个地方,这就与藏书有关了。你如果有几十本书,便需要那么个架子,最起码也得要一个非常简单的架子,把它立在墙角或什么地方,但你要是有几千本乃至上万的藏书,那你就非得要有一间屋子放它不可。现在的房子价格忒贵,比如在北京,你要是想在这片地皮上施行藏书主义,那你只能是做一个美梦,我相信你买得起书,但你藏得起吗?你把书放在什么地方?总不能摆大街上,也总不能像那些没房子的小两口把书临时塞在什么地方。我也曾想,各地的图书馆是否可以开办这样的业务,那就是可以让那些有大量藏书而苦于没地方放书的读书人把书存到图书馆里去,如果那些书里边有奇书秘本,岂不更是件好事。说到读书,其实亦是一条龙行为,那就是三书合一的买书、读书、藏书。再说到读书,我个人还是喜欢捧一本书在那里读,一边喝茶一边读,若饿了也没人反对你去吃一块稻香村的点心。从小到大,除了生大病,鄙人就不知道不读书该怎么打发这一天的时光,内子最反对的就是我到处地放书,床上、餐桌上、窗台上、条案上、楼上的地上、楼梯上,还有厕所里的抽水马桶上,到处是书。内子虽反对,但我看了反而觉得好,像是有种富足感,其心情就像老鼠看到了到处放着的大米。而仔细想想,也觉得自己这一辈子的读书生活是有那么点可悲,那就是没有地方能够把更多的书好好放起来。这么一想,怎么能够让人反对在网络上读书,常在车上看到人们用手机看书,觉得好像有那么点不对劲,及至后来自己也这么来,这想法才释然。在中国的当下,读书的人对怎么读书大致持有两种不同的看法:一种是要读书就读纸本,坐在那里好好读,其读书的行为是既接近古典也有一种行为艺术般的美感;一种是读书最好在电脑手机网络上进行,其好处不用多说,一是可以大量读,二是不用为了把书放在什么地方发愁。我个人是天天必读几页书方能出气顺畅的那种人,但我现在也觉得网络读书是一件好事,尤其是在北京上海广州这样的大城市,你最好网络上行事吧。说到买书,那你才是给自己找大麻烦,四大名著一大摞,如果是光碟,也就薄薄那么一张。面对现实,我们虽有美好的读书想法,但真是对不起,请收起你的美梦来,再不要大张旗鼓地买书藏书,你最好去做一个网络读书客,这样你还会活得更轻松一些,也读得更轻松一些。

纸生活

幼时写字，麻纸之外没有什么别的选择。

小城有几家纸铺，张纸铺、李纸铺、王纸铺、金纸铺，开纸铺的姓什么就叫什么什么纸铺，亦好记。麻纸是几毛钱一刀，民间的刷房打仰尘、账房写账记事，学生写仿描红都是麻纸。好的麻纸正面写了还可以反面写，也从没听过谁把纸写烂的，不像现在的纸，下笔重一些便是一个洞。过去的麻纸，一张纸两面写完还不算完，写完字的纸会被人拿去裱东西，新做的箱子要裱里子，用的就是这种两面字的麻纸，打开箱子，亦是墨香扑鼻。

习惯一般都是从小养成，及至长大想改也不大容易。我现在写字仍用赤亭纸，赤亭纸又名元素纸，原料是嫩竹子，江南不缺竹子，而这种以竹子为原料的纸做得最好要数浙江的富阳。富春江边既多竹，水也好。所以我只迷信富阳的赤亭纸，会千里迢迢地托人去买，而且是买了又买。即使是现在，我用这种不算贵的纸写字，还是先用淡墨写一回，写完这面再用淡墨写另一面，然后再用浓一些的墨写，写完这面再写另一面，一张纸最少写四次。纸其实是最应该珍惜的东西，现在的宣纸越来越贵，是理所应当的事，应该贵。道理是原材料既贵且日渐稀少,还不说造纸要用大量的水,所以不应该浪费纸。我平时练习写字画画从不敢用宣纸,即使现在,用得起也不敢用,对纸像是有些敬畏。纸不过是纸,何以谈敬畏?这是没办法的事,每有新纸送来,用手摸摸我亦会感动,自己都会觉得自己真是岂有此理。摸纸与摸美人的肌肤,想必感觉真是一样。

二十多年前曾有沈阳旧友送我三张乾隆年间的丈八宣,二十年下来,那一卷老纸被我经常地摸来摸去就是不舍得用,曾有人提出要用这清代老纸给他作画,平时不生气的我竟然一下子就生起气来,莫名其妙地自己坐在那里跟自己生了好一阵子气。气过,喝茶,一边喝一边在心里问自己为什么,忍不住又笑。曾经小心翼翼裁了条乾隆老纸的纸边试了试笔,忍不住叫起来,是熟纸啊!我一般不用熟纸,放在那里也没什么用,但即使是这样我也不舍得用,这样的纸放在那里凭空让自己觉得富有。去年有人传话过来要买这三张乾隆丈八,我无端端又生起气来,像是对方已经气着了我,我对人家大声说:"不卖!"稍停片刻又说:"就是不卖!"对方竟忍不住也笑将起来。

我平时用纸,根本就不会动辄使用宣纸,诗人石三夫去年于西湖边上送了两刀红星给我,寄回家打开看了一下即刻又珍重封起,就像是买到了几本好书,一时要心慌意乱的,是一本也看不到心上,到心定后才能慢慢看起。我平时练笔根本就不会用宣纸,更甭说红星牌宣纸。麻纸呢,现在也很少见了,即使有卖,也单薄不受笔。麻纸的原材料其实不少见,曾去乡下纸坊看做纸,一捆一捆的麻秆先都沤在坊前的河里,要沤很长时间,然后才可以把皮剥下来做纸。老麻纸的质量不是现在的麻纸可比,画家粥庵喜用老麻纸,曾四处托人寻找,巴掌大亦是宝。好的老麻纸闭上眼用手摸,细润而有筋络。

  小时候曾用父亲的绘图纸作画,先把很厚的绘图纸用水润一遍,然后再画。那时候有宣纸也不给你用。我一生气,把父亲的维纳斯牌绘图铅笔拿来送人,据说这种牌子的绘图铅笔以前要两块大洋一支。

  我曾请朋友治一朱文小圆印,印文二字为"纸奴"。

  若再刻,不妨再加二字:"乐为纸奴"。

书三事

昔日上峨眉，过洗象池，至华严顶，外面下着雨，大殿里人本不多，不免在佛前双手合十碎碎念，一时心底的各种念头纷至沓来，想祈求我佛保佑的俗事一条一条毕竟太多，但其中有一条比较明确，就是想请佛保佑自己的双眼，以便能读书到老。读书毕竟要靠眼睛。当然也可以用手去摸摸索索，那是盲文，眼睛好，没人愿意去学。

说到读书，即使是藏书家也有无法到手之书，除了自己所拥有的书籍之外，想读那些自己没有的就只能借而读之。所以借书而读势必成为读书人与书相亲的办法之一。去年与朋友一起去天一阁，看到不少时下印刷的天一阁藏书，也都是些常见的书籍。但能在天一阁翻动天一阁的藏书，即使是时下的印刷也别有滋味。对读书人而言，天一阁是书的圣地，到天一阁便仿佛已是朝圣。但更多的人到天一阁，也只是尽游览之兴，看看亭台楼阁喝喝茶吃吃点心而已。说实话，普天之下有奇趣而令人难忘的园林本不多见，说到园林，不过山石花木楼阁台阶而已。这么说建筑学家也许会不高兴，但一般的游人管什么建筑学方面的事，外出旅游，人们要的是一吃二看。一百个人到了天一阁，又能有几个人想去了解天一阁的藏书？

小时候读书，一本新书到手，第一件事就是要给书包书皮，那种牛皮纸，用手折动的时候发出的响声比数钞票的声音还要亮。这种纸，还可以折小孩用的纸钱包，放在口袋里经久不坏，里边也只不过放几毛钱而已，而当时的书也不过是几毛钱一本，白面的烧饼也只五分钱一个。没有这种纸，用旧画报包书皮也让人羡慕，好像还更好看一些。包书皮的方法又有多种，但最好的一种是要把书的两个角格外多包一层的那种，这也只是小孩子包课本的方法，一个学期读下来，书角都是好好的，这就要看包书皮的本事。鲁迅先生也有给书包书皮的习惯，还有孙犁先生。但给书包书皮亦是一种憾事，如果书的封面设计得真是十分好看的话。所以考虑什么书包书皮什么书不包书皮也是一件麻烦事。我现在对书的态度是什么书都不包书皮，反正也不会把书借给别人。从小到大，要想让鄙人恐慌，办法只有一个，就是登门找鄙人借书。鲁迅对付借书的办法是同一种书一下子买两本，一本出借，一本自己看。鄙人对付借书却只有一句话："有向猎人借猎枪的吗？"据说，孙犁也从不借书给别人看，再说，可能也没人专程登门到孙先生那里去借书。说到乱纷纷的借书，还是小时候的事，一本书，你借我借大家借，直到借烂当引火纸。好看的书尤难逃此一劫。书既难逃被借的命运，便有人在书皮上写几句话要大家格外注意：一是不要折书角，二是不要蘸唾液翻书，三是要按期把书还回来。图书馆的书上大多都会印这么几句话。但书被看到最后还是要烂掉，各种的书里边，被翻得很烂的书往往是字典。新版加上旧版的《新华字典》，最大的遗憾就是没有书带，哪怕它是精装或半精装。为了记住一个字，好容易查到了，人们往往会把这一页给折起来，好隔一会儿再看，以便巩固记忆，如有书带，这个问题就很好解决。所以，有人买书，首先就要看有没有书带。或者是看看有没有书签。我以为字典之类的书更应该有那根丝带。书的装备其实真的是很简单，精装书要一根丝质的书带，简装的是一枚书签。书皮、书带或者是书签，或者还应该再加上书的封套，书的封套是为了保护书而设计，但如果书的封套十分漂亮，为了这漂亮你再给书包个书皮也算是多事，是没完没了。

曾经在王府井的书店看见有人用一块旧手帕托了一本新书靠着书架在那里读，多少年过去，这一幕总难让人忘记。

午时记

  午睡前照例要找一本书随便翻翻,顺手便拿到了一本讲琥珀的小册子,没有多少图片,文字也清浅。说到琥珀,我父亲大人年轻时喜欢用琥珀雕刻各种小动物。那是近半个世纪前的事情,而现在的抚顺是既没有多少煤可挖也没有多少琥珀可以拿出来示人。而我喜欢琥珀倒不是因为我是抚顺元龙山的人,其缘由说来可笑,是因为从小吃那种鱼肝油丸,一粒一粒黄且透明而又颇不难看,这便是我喜欢琥珀的缘由。我之对于琥珀,是独喜那种原始的,里边多多少少要有裂纹,古董家术语叫作"苍蝇翅"的便是。前不久,把一大块经常放在手里的琥珀不小心一下子摔作两半,一时怅惘了许久。忽然觉得那摔作两半的琥珀用来做章料正好,这便想起"植蒲仙馆"的主人谁堂来,谁堂不独篆刻精彩,菖蒲也养得极好。说到菖蒲,起码在北方是十分地难养。而文人的案头照例是应该有些绿意才好,陈从周先生主张到处可以种一种的"书带草",听名字就好,但却只宜养在园林的阶前砌下,案头养一盆却太显蓬勃。那种叫文竹的草,日本人喜欢,川端康成的一张老照片就显示他养了一小盆在书案上,远远看去确有几分云烟的意思,但一旦长起来其势却一发不可收拾,可以发展成藤蔓植物一样在屋里到处攀爬。而唯有那种金钱菖蒲和虎须菖蒲却顶顶合适养在案头,你想让它蓬蓬勃勃起来,比如你想让它长到大如车轮,那几乎是没有可能,它似乎永远只那碧绿的一窝。南国的画家陈彦舟养的菖蒲却分明太高大,放在茶桌边,猛看像是种了水稻在那里,却也与那茶案相当,坐在其侧喝茶,让人起"蒹葭苍苍,白露为霜,所谓伊人,在水一方"之思。是另一番意境。

读书人的书案,我以为一是要有一点绿意来养眼,二是还要有一块小小的供石。我以为这供石以灵璧为好,黑而亮或不黑而亮都好,我的嗜好是见了灵璧石就要买它一买,陆陆续续买了几十品,而入眼养心的却仅仅几块。其中一品小且玲珑,恰像一炷香点燃后袅袅而起的那股烟,便铭之为"一炷烟"。本可以取雅一点的名字如"轻云起"或"或如烟",但我宁可要它有踏实的品性。还有一品山子,猛看一如宋人玩过大名鼎鼎的那个研山,我的这个山子上居然也有两个小小的天池,储水在里边可经旬不涸。我们这地方把天池叫作"那",原是极为古老的一种叫法,比如宁武山上的天池,当地人便叫它"那",而我给我这上边两个小小天池的供石取名却叫了"十二郎",因为高高低低一共是十二峰。这名字让人觉得它与我的关系是石兄石弟,而且有古意。就鄙人的兴趣而言,总觉得古意要比今意好一些。因为这十二郎的山子,我便给谁堂去信要了菖蒲,谁堂让人用竹筒寄来,打开来不免让人惊喜,邮路迢迢,居然还是一窝的绿。谁堂的养菖蒲在国内是出了名的,榴其馆曰"植仙蒲馆",他的各种养盆里,最好的是那方古砖琢成的盆。若有人问,喜欢菖蒲与供石,其趣味在哪里?

这不太好解答,就像你问热爱法国红酒的朋友红酒的趣味在哪里,相信他一定答不好。

六月是插荷花的时候,街市上没有荷花卖,却有莲蓬,而一律又被掐掉了那长长的梗子,无法做瓶插。太嫩的莲蓬其实也没有什么吃头,一剥一股水。今年有个计划,就是要去谁堂那里看看他的菖蒲,再读读他的印谱。印谱原是读的吗?以我的经验是大有读头,若读得进去,小说又算什么。

甲午夏至日记。

师　牛

我写短篇小说《牛皮》的时候还住在"城下居",我家西边坡下的院子里便住一屠牛者。每天早上四点多的时候就能听到牛的哀号,牛马驴骡这种大动物是能知道自己的大限在什么时候,大限到来之时亦会哀哀哭泣。牛的哀号尤其令人听了难受,让人无法不情动于中。天亮后站在阳台上往那边看,一张牛皮已经贴在了那里。那些被屠杀掉的牛照例都是乡下服役多年老到再没力气给东家做事的老牛。有一阵子我不吃牛肉,是心有不忍。后来我搬离了那地方,从此耳根清净,但每每想起那种叫声还是会心生不忍。或者是看到早市卖牛肉的地方放一副牛蹄,而被斩下来的牛头便也在那里,这场面让人像是被电猛地击了一下,当下会一切心思都没有,只有赶快绕道走过。

李可染老先生的堂号是"师牛堂",这个堂号真是很好。北方好像没有水牛,所能见到的大多是黄牛,老画师李可染所见可能也是以黄牛居多,但他笔下经常画的却是水牛。黄牛与水牛的区别主要在角上,黄牛的角短一些,且秃,即使长得尖锐长大也无法和水牛的角相比,水牛的角很大,向后盘,商周时期的牛头佩我以为就是以水牛为雕刻对象,是盘盘大角。水牛之所以是水牛,是它喜欢去水里,一是觅食，会把头埋到水里去，在水底吃水草，这一景，在漓江每每能让人看到，当然在其他的什么江也一定能看到。一是它会浮在水里，如果天气十分热的话。李可染老先生的那幅《东风吹下红雨来》意境颇好，一头水牛，水牛背上趴一牧童，画的上方是一树红花。这幅画，黑是黑，红是红，干净利落。

吾乡大同的北魏墓壁画常见画有十分高大的牛，当时的人把牛叫作"巨犗"，如果鄙人没有记错的话。牛拉车是很稳的，北魏时期风行的是牛拉车。壁画上的达官贵人都坐牛车。出门办事，牛车可坐，但骑牛却是一件让人难受的事，得有一个好屁股，老子的本事不小，敢于骑牛入关，这本事一般人没有。如果碰到一头瘦牛，何止是没这本事，根本就是让人不敢。北魏的牛车很漂亮，有高畅的棚，棚之前后两头还各挑一块布帘，这布帘当然是有太阳可以遮太阳，下雨刮风可以放下来遮风避雨，人坐在里边想必安然，如果里边同时坐三四个人，比如是四个人吧，大可以打打麻将，但南北朝时期麻将可能还没有给发明出来。或者喝喝酒也可以，牛的脾气一般来说要比马温顺，坐牛车大致不会有大颠簸，一如在风浪中坐船。但鄙人儿时见过一头因为打掌子而受惊沿街奔跑的牛，一时多少人躲避不及纷纷扑倒，好在没有伤到人。

近百年画坛，徐悲鸿画马、李可染画牛，像是无人能出其右。而古人的画牛高手却林林而立。我的朋友里边，鲁光先生喜欢画牛，作家厚圊的牛我以为画得亦是十分好，笔法墨法都有精彩在里边。牛角和牛蹄的用焦墨，牛尾的一顿一提让人感觉运笔时的腕力。厚圊笔下的牛亦是水牛，我想有机会和他相商一回，请他画一回北方的老黄牛，或可趁此招他来北方一回，还可以借此喝几杯酒水。

一揖清高

夏天去北京，鄙人有时会在黄昏的时候在故宫角楼的护城河边一坐老半天，说来好笑，不为别的，只为看蜻蜓。旧宫苑的护城河边多红蜻蜓，是成百上千，或者是更多，而鄙人从小看的多是那种蓝蜻蜓，或者是那种亮灰色的。少年的时候捉蜻蜓用蜘蛛网，找一根一头开杈的长树棍，再到处找蜘蛛的网，把蜘蛛网拧在开杈的那一头，然后去护城河边找蜻蜓，蜻蜓找到了，只需轻轻一粘，没有能跑掉的道理。捉蜻蜓好玩，但蜻蜓捉来就不好玩了，也只能在它尾巴上拴根线看它飞，这有什么意思呢？一点意思都没有。鄙人从小学画，是从"芥子园"开始，但现在已经想不起"芥子园"里边有没有关于蜻蜓的画法，不看《芥子园画谱》已经有许多年了。但说到蜻蜓其实不用看，都在心里。各种的昆虫里，蜻蜓的头会转，它一动不动停在那里，其实它的头在转，它不会回头，也不会掉过脖子看你，它的头是像方向盘那样转，很滑稽。蜻蜓的眼睛里像是有一个黑点，但那个黑点到底在什么地方谁也说不清，因为蜻蜓的眼里像是有雾，蜻蜓的两眼前边还有两根须，很短，我们叫它眉毛。如果和眼睛相比，这眉毛可真是太短了。

蜻蜓是昆虫里边的食肉者，它从不吃素，只吃肉。螳螂也是肉食者，而且更厉害。如果二者相遇，不知道它们谁会把谁给吃了。蜻蜓飞，螳螂也会飞，但螳螂比不过蜻蜓，螳螂的肚子大，飞的时候给大大的肚子坠着，它永远不会像蜻蜓飞得那么久那么远，所以我相信它永远不会把蜻蜓给吃了。蜻蜓有各种颜色，螳螂也有各种颜色，绿螳螂是紫肚皮，那个肚皮的紫和茄子的颜色差不多，非常地与众不同。麦秸色的螳螂是黄肚皮，这就没什么特别好看的地方。红蜻蜓是一红到底，尤其是漓江上的那种小红蜻蜓，那个红啊，真是好看，连翅子都是红的，让人看了头晕，它们就像是一个又一个的新娘子，穿了大红的衣衫去完婚，可它们去什么地方完婚？它们的新郎在什么地方？它们只是追着船飞，一直飞，一直飞，高高下下地飞，让人眼花缭乱。我画红蜻蜓，是先用朱砂勾一遍，再用胭脂勾，然后再用淡淡的朱砂罩一遍，我和白石老人不一样，白石老人的蜻蜓眼没那个亮点，我要有，有亮点才好看，才水灵。蜻蜓的眼睛其实不反光，但我喜欢让它亮，我喜欢让它有一双水灵的大眼睛。

中国画的蝴蝶和猫，如果画在一起，不用问，是画给老人家的，可以题"耄耋图"，如果画一只喜鹊，再画一枝梅花，可以题"喜上梅梢"，而我画蜻蜓便不知道有什么意思在里边，画二三十年蜻蜓，二三十年都不知道画蜻蜓有什么意思在里边。如果画一只蜻蜓再画一只伯劳鸟，或者就可以题为"勤劳图"，但伯劳鸟长什么样，不知道。北方有伯劳鸟吗？不知道。鄙人的一位老师叫李健之，他过生日，八十的整寿，我画一只老来红和大石头给他庆寿，上边是四个写得很不好的篆字："与石同寿"。健之老师看了说，我要蜻蜓。我说，您要蜻蜓做什么？健之老师说，把蜻蜓画在上方，这叫"清高图"。

老师毕竟是老师，是为记。

先生姓朱

家父好客亦好酒,那时候总是有人来和家父喝酒,一喝又总是很晚,往往是我已睡醒一觉,家父和他的朋友还在喝,蒙蒙眬眬中都是些东北的口音,所以我这个东北人到了后来对东北人就没什么太好的印象,嫌他们话多,夸夸其谈。而家父的朋友中有一位很瘦,北京口音,后来成了我的老师,那便是朱可梅先生。

朱先生画花鸟草虫,那时候的朱先生穿中山装,衣服口袋里总好像装着什么,鼓鼓囊囊。有一次他从口袋里掏出两个果子,我以为他要吃,或给我吃,但他看了看,又放回口袋。还有一回我发现他的口袋里放着一个玉米棒子,那时候鲜玉米刚刚下来。

我跟朱先生学画的时候已经十岁,每次都是去他那里,去了,也只是看他画画而已。朱先生从不画素描,也不画速写。朱先生对我说,我画画,你看就行。我便站在那里看。朱先生画画一般都站着,但画草虫就必坐下。他用生纸画草虫,一边画一边说第一遍勾线要淡,笔上的水分要最少。我就站在那里看朱先生勾线。朱先生勾很细很淡的线,很快。然后是施色,用一只小号羊毫,一手使笔,一手是一块叠成小方块的宣纸,火柴盒那么大一块,一边施色,一边马上就用这小纸块在纸上轻轻一按，不让颜色跑出去。朱先生画工虫很快，但颜色总是要上好几遍，一只虫子就在纸上了，然后再用深一点的颜色现把线勾一下。如画蚂蚱，须子是最后画，从须子的根部朝外挑。朱先生的这两条线挑得很好，他自己亦得意，说：你看这线。

后来，朱先生让我给他磨墨，我磨好，他试一下，说不行。我就再磨。朱砂也要研，先把水兑进去再不停地研，研得差不多，先生说别研了，再研就坏了，然后先生再把胶兑进去。一边兑一边用笔在朱砂里蘸一蘸，说好了，或说你看这就不行。用朱砂画雁来红，画完朱先生会马上把纸反扣过来，说这样颜色就不会往后边跑。有时候画淡了，朱先生会在纸的背后再把笔一跳一跳地补些朱砂。朱先生的雁来红很好看，颜色好，但不是一大片，通透。朱先生画蝈蝈从不画绿蝈蝈，只用赭石画麦秆色的蝈蝈，朱先生说绿蝈蝈红肚皮不好看。朱先生的小小画案上放着一个火柴盒子，火柴盒子上用大头针扎着一个蝈蝈，这个蝈蝈在朱先生的画案上放了很久。朱先生画画总是先看纸，把白纸挂在立柜旁边墙上的那根铁丝上，一看就是老半天，嘴一动一动。

朱先生的单位正月十五出灯，单位要他给灯笼上画些东西，他也照画，很认真。灯挂出去，有人说不好，先生说："你懂个屁！你懂个屁！"后来，我已长大，但还是经常去朱先生那里裁纸磨墨兑颜色，朱先生总是说："合适，合适。"

朱先生教我画画，从来没什么理论。朱先生说："齐白石就不画素描！"又说："学中国画就要先学会磨墨兑颜色裁纸。"如画一幅画，画上有花有蜜蜂,朱先生就把蜜蜂叫作"眼睛",总是说"眼睛在哪儿?眼睛在哪儿?"如画一幅画,既有谷子又有蚂蚱,朱先生就把蚂蚱也叫作"眼睛",说:"'眼睛'在那儿啊,不对!瞎了!"凡是虫,在朱先生这里都被统统叫作"眼睛",螳螂、蜻蜓、蝴蝶什么的都叫"眼睛"。

朱先生的口袋里,总放着些七七八八的东西,有一次他一手掏手绢,一手从另一个口袋里掏出个树上结的那种柿子,黄黄的很好看。他把柿子擦了又擦,我以为朱先生要吃,他把柿子擦完看了好一会儿,又把它放回了口袋。

我们那地方不长柿子树,不太好活,活了也不会结柿子。

怀念朱先生。

岁　朝

往昔过年过节，母亲总是会买些青红丝回来，而且会仔细闻闻，以辨别真假。母亲告诉我好的青红丝一定要用佛手做才香，才有味，橘子皮做的青红丝味道稍逊。青红丝有什么味儿？像是没什么味儿，但你要是把它放嘴里仔细嚼嚼，味道便会出来，那味道像是只在齿间，清香而又稍稍有那么一点涩。有用白萝卜做青红丝的，那是只能看，味道却全无。广式点心和京式点心的馅儿都离不开青红丝，腊八粥好像也离不开，一是颜色好，二是给舌头点快感，说实话青红丝也只能给舌头去领略，你要是用鼻子去闻，那真是没什么好闻。当年，母亲做糕馅儿一定会放些青红丝，端午节吃凉糕，上边也要洒一些青红丝。小时候我不怎么爱青红丝的那股味，总是用筷子把它一一挑掉，月饼馅儿里有那么点青红丝我也会一点一点把它们抠出来，父亲看我在那里往出抠青红丝，会很不满地说两个字："——糟践！"

佛手的香很怪，说它清，它又浓，说它浓，它实在又很清，你用足了心思去闻，是越闻越没有，你不用心去闻，它会一股一股地往你鼻子里钻。那年在太谷天宁大寺，我坐在寺院西边的方丈室里，鼻子里忽然闻到了异香，仔细找找，是一枚小小的娇黄的佛手，端端供在一个豆青的小瓷盘子里。以佛手做清供，最好能与豆青瓷或德化白瓷相配，才会显出佛手的娇黄好看。如不用瓷，用玻璃盘也对路，我常用家藏一只一尺三寸大北魏天青乳钉玻璃洗放四五个佛手，人人看了都说好。现在想想，倒是很让人想念那个北魏天青玻璃洗，那么大的北魏玻璃器现在已经很少见到，虽然那只玻璃洗已有大裂，但尚不缺肉，现在再想一见，简直如同隔世！《红楼梦》一书写到探春的屋子里供了一大盘黄澄澄的佛手，我以为那实在是太多了，佛手也只好供一只两只最多也就三五只，太多，味道会太冲。佛手的香有清冷之气在里边，所以让人觉着好。你要是没闻过佛手的香，你大可以去水果店把鼻子放在橘子堆上领略一下，就那么个味儿，差不多。佛手之所以好，一是香，二是形好，它那样子，天生就是要人供在那里。每年的年末，我都要买几只佛手做清供，找一个好看的德化白瓷盘，把佛手端端地放在那里，佛手最怕喝了酒的人用鼻子去闻，用酒气一哈，佛手很快就会坏掉。佛手像佛的手吗？有那么点意思，但我想佛要是真伸出这样一只手来普度众生，肯定会把众生吓一跳！

佛手之香，几近清寒苦涩，这可以和桂花的香对比一下，桂花的香是热香，热烘烘的，感觉是一大片一大片，而佛手的香是冷香，是一股一股。香还有冷热之分吗？怎么会没有？水仙、梅花、佛手的香统属冷香，而桂花、玫瑰、玉兰之属却是热，越热越香，闹哄哄的，那香是扑着你过来，而佛手的香是要你用鼻子去细细寻找。

我喜欢佛手，每年过年，要是案头没了佛手，就像是少了什么。佛手可以入画，但鲜有画得好的，白石老人也画，但他也画不好，他笔下的佛手也是怎么看怎么别扭。

何时与先生一起看山

吴先生似乎在画界没有太大的声名，也许他太老了，老到已被许多人忘掉，他周围的人似乎已不知道他是南艺刘海粟先生的高足。总之他很老了，老到莫非非要住到郊外的那个小村落里的小院子里去？我见先生的时候，先生的画室已是四壁萧然，先生也似乎没了多大作画的欲望，这是从表面看。其实先生端坐时往往想的是画儿，便常常不拘找来张什么纸，似乎手边也总有便宜的皮纸或桑皮纸，然后不经意地慢慢左一笔右一笔地画起来，画画看看，看看停停，心思仿佛全在画外，停停，再画画，一张画就完成了，张在壁上，就兀自坐在那里一声不吭地看，嘴唇上有舔墨时留下的墨痕，有时不是墨痕而是淡淡的石青，有时又是浓浓的藤黄。我没见过别人用嘴去舔藤黄，从没见过。先生莫非不知道藤黄有毒？

先生的院子里，有两株白杨，三株丁香，一株杏树，四株玫瑰，两丛迎春。秋天的时候，白杨的叶子响得厉害，落叶在院子里给风吹着跑：哗哗哗哗，哗哗哗哗。想必刮风的夜晚也会惹先生惆怅。我想先生在这样的夜里也许会睡不着，先生孤独一人想必也寂寞，但先生面对画案、宣纸、湖笔、端砚，想来分明又不会寂寞。

先生每天一起来就先生那个一尺半高的小火炉,先把干燥的赭色的落叶塞进小火炉,然后蹲在那里用一本黄黄软软的线装书慢慢地扇。炉子上总是坐着那把包装甚古的圆肚子铜壶。秋天的时候,先生南窗下的花畦里总是站着几株深紫深紫的大鸡冠花,但先生好像从没画过鸡冠花。有一段时间,先生总是反反复复地画浅绛山水,反反复复地画浅绛的老树。去看先生的人本不多,去了又没多少话,所以去的人就更少。有一次我问先生,所问之话大概是问先生为什么画来画去只画山。先生暂停了笔,侧过脸,看着我,想想,又想想,好像这话很难回答。我也会画花鸟的。先生想了老半天才这么说。过了几天,竟真的画了一张给我看。画的是一张枯荷,满纸的赭黄,一派元人风范。纸上的秋荷被厉厉的秋风吹动,朝一边倾斜,似乎纸上的风再一吹,那枯荷便会化作无物,枯荷边有一只浅赭色的小甲虫,仿佛再划动一下,它长长的腿就会倏尔游出纸外。

吴先生很喜欢浅绛色,吴先生的人似乎也是浅绛色的,起码从衣着和外表上看,是那么个意思。

我和吴先生相识那年,先生岁数已过六十。我去看他,所能够进行的事情似乎也就只是枯坐,坐具是两只漆水脱尽的红木圆墩,很光很硬很冷,上边垫一个软软的旧绸布垫子,旧绸布垫子已经说不出是什么颜色,但花纹还是有的。吴先生当时给我的很突出的印象是先生老穿着一身布衣,那种很普通的灰布,做成很普通的样式,对襟,矮领儿,下边是布裤子,再下边是一双千层底的黑布鞋。衣服自然是洗得很干净的,可以说一尘不染。床上是白布床单,枕上是白布枕套,也是白白的一尘不染。你真的很难想象吴先生当年在南艺上学时风华正茂地面对玉体横陈的印度女模特是一番什么样的情景。他当年喝琥珀色的白兰地，用刻花小玻璃杯，抽浓烈的哈瓦那雪茄，用海泡石烟斗，戴伦敦造的金丝框眼镜。这都是以前的事，真真是以前的陈事旧话了。现在再看看吴先生的乡间小平屋，你似乎再也找不到一点点当年先生的余韵或者是陈迹。

先生住的院子是乡村到处都是的那种院子，南北长二十二步，东西宽十一步。两间小平屋，窗上糊白麻纸，临窗的桌上是那方圆圆的端砚，砚的荸荠色的漆匣上刻着一枝梅，开着瘦瘦的几朵花，旁边是那只青花的小方瓷盒，再旁边紧挨着的是那一套青花的调色碟，再过去是那把紫砂壶，壶上刻着茅亭山水和小小的游船。那只卧鹿形笔架，朝后伸展的鹿角真是搁笔佳处，作画用的纸张在窗子东边的柜子上边搁着，用一块青布苫着，雪白的宣纸上苫着青色的布，整日地闲着，一旦挪动起来，有微微的灰尘飞起来，像淡淡的烟。那就是先生要作画了。

吴先生好像从不收学生。画家不是教出来的，吴先生这么说。所以就有道理不收学生吗？吴先生常常把那张粗帆布躺椅放到院子里，人静静地躺在上边，记得是夏天的晚上，天上有月亮，很好的月亮，可以看得见夜云在月亮旁边慢慢慢慢滑过去，那淡淡的云真像是给风拖着走的薄薄的白纱巾，让人无端端觉得很神秘。一根五号铁丝，横贯了院子的东西，在月亮下是闪亮的一道，铁丝上一共挂了五只碧绿的"叫哥哥"，有时会突然一起叫了起来，这样的晚上真是枯寂得可以，也热闹得可以。也只配了先生，只配我的先生。

有一次，吴先生感冒了，连连地打喷嚏。原因是前一天晚上突然下了大雨，先生没穿衣服就跑出院子去抢救那五只"叫哥哥"，怕"叫哥哥"给雨淋坏，"叫哥哥"没事，先生自己却给雨淋出了毛病，咳嗽了好长时间才好。

又有一次，先生不知从什么地方忽然弄来了一只很大的芦花大公鸡，抱着给我看。真是漂亮的鸡，灰白底子的羽毛上有一道一道的黑，更衬得大红的冠子像进口的西洋红。吴先生坐在布躺椅上一动不动地看鸡，那鸡也忽然停下步子侧了脸看先生，先生忽然笑了。笑什么呢，我不知道。

吴先生提了一只粮袋，慢慢走出小院子去给鸡买鸡粮，一步一步走出那段土巷，又慢慢走回来，买的是高粱，抓一把撒地上，那只大公鸡吃，先生站在那里看。

先生靠什么生活呢？我常想，但从来没敢问，所以也不知道。

先生的窗上不是没有玻璃，有玻璃而偏偏又在玻璃上糊了一层宣纸，所以光线就总是柔柔的，有，像是没有，没有，又像是有。在这种光线里很适宜铺宣纸、兑胭脂、调花青地一笔一笔画起来。柔和的光线落在没有一点点反光的柔白的宣纸上，那浓浓黑黑的墨痕一笔一笔落上去，真是美极了。墨迹一笔一笔淡下去的时候，然后又有了浓浓淡淡的胭脂在纸上一笔一笔鲜明起来，那真是美极了，美极了。

我不敢说先生的山水是国内大师级的水平，与黄大师（黄永玉）相比正好相反，吴先生的山水一味简索。先生似乎十分仰慕倪高士，用笔从来都是寥寥几笔，淡淡的，一笔两笔，淡淡的，两笔三笔，还是淡淡的，又，五笔六笔。树也如此，石也如此，水也如此，山也如此，人似乎也如此，都瘦瘦的，淡淡的，从来浓烈不起来。先生似乎已瘦弱到不能画那大幅的水墨淋漓的画，所以总是一小片纸一小片纸地画来，不经心的样子。出现在先生笔下山水里的人物也很怪，总是一个人，一个人在山间竹楼里读书，一个人在大树下昂首徜徉，一个人在泊岸小船里吹箫，一个人在芭蕉下品茗。先生比较喜欢画芭蕉，是淡墨白描的那种，也只有画芭蕉的时候，才肯多下几笔，四五株或五六株地挤在一起。我有一次便冒昧地问先生：您的画里怎么只有一个人？先生想了又想，似乎这个问题很难回答，回头看着我，看着我，还是没有回答。但隔了几天还是回答了我。先生说：人活到最后就只能是自己一个人。先生那天兴致很高，记得是喝了一点点酒，用那种浅浅的豆青瓷杯，就着一小段黑黑的咸得要命的腌黄瓜。先生说：弹琴是一个人，赏梅也是一个人，访菊是一个人，临风听暮蝉，也只能是一个人，如果一大堆人围在那里听，像什么话？开会吗？先生忽然笑起来，不知想起了什么好笑的事。先生笑着用朱漆筷子在小桌上写了个"个"字，说：我这是个人主义。又呵呵呵呵笑起来。那天先生的兴致可以说是很高，便又立起身，去屋里，打开靠东墙那个老木头柜子，取出一只青花瓷盘。青花瓷美就美在亮丽大方，一种真正的亮丽，与青花瓷相比，五彩瓷不知怎么就显得很暗淡。先生把盘子拿给我看，盘子正中是一株杉，一株梧桐，一株青杨，一株梅，树后边远处是山，一笔又一笔抹出来的淡淡的小山，与此对称着的，是山下的小小茅亭，小小茅亭旁边是小小书斋，一个小小布衣书生在里边读书，小小书斋旁边又是一个小小板桥，小小板桥上走着一个挑了柴担的樵夫，已经马上要走过那小桥的是一个牵了牛的农夫，肩着一张大大的锄，牵着一头大牛，盘的最下方是一个坐在水边的渔夫，正在垂钓。他们是四个人，先生指着盘说：但他们各是各。先生用指甲"叮叮叮叮"弹着瓷盘又说：四个人里边属渔者舒服，然后是樵夫，在林子里跑来跑去，还可以采蘑菇。我忍不住想笑。还没笑，先生倒笑了，又说：最苦是读书人，最没用也是读书人，没用才雅，一有用就不雅了，我是没有用的人啊。吴先生忽然不说了，笑了，大声地笑起来。

先生爱吃蘑菇，雨后放晴的日子里，在斜晖里他会慢慢背操手走到村西的那片小树林子里去，东张张，西望望，一个人在林子里走走看看，看看走走，布鞋子湿了，布裤子湿了，从林子里出来，手里总会拿着几个菌子，白白的，胖胖的。有一次先生满头大汗地从树林里拖出一个老大的树枝，擎着，那树枝的姿态真是美，那树枝后来被吴先生插在了屋里靠西墙的一个铜瓶里，那树枝横斜疏落真堪入画，好像就那么一直插了好久好久。多会儿咱们一起去看山吧。先生那天兴致真是好，当然又是喝了一点点酒，清瘦的脸上便有了几分淡淡的红。

我就在一边静静地想，想先生跻身其间的这个小城又有什么山好看。画山水就不能不看山水。先生又说，一边把袖子上吃饭时留下的一个饭粒用指甲慢慢弄下去。看山要在上午和下午，要不就在有月亮的晚上，中午是不能看山的。先生又说，忽然说起他三次上黄山的事。

那之后，我总想着和先生去看山这件事，让我想入非非的是晚上看山。在皎洁的月光下，群山该是什么样子？山上可有昂首一啸令山川震动的老虎？或者有猿啼？晚上，我站在离先生有二十多里的城里我住所的阳台上朝东边的山望去，想象月下看山的情景，我想到那年我在峨眉山华严顶上度过的那一夜，周围全是山，黑沉沉的，你忽然觉得那不是山，而是立在面前的一堵墙，只有远处山上那小小的一豆一豆晕黄的灯火，才告诉人那山确实很远。离华严顶木楼不远的那株大云杉看上去倒很像是一座小山，身后木楼里老衲的低低的低低的诵经声突然让我想象是不是有一头老虎曾经来过这里，伏在木楼外边听老衲的诵经。夜里看山应该去什么山？华山吗？我想去问问先生。但还来不及问，先生竟倏尔已归道山。

没人能在先生去世的时候来告诉我，去他那里看望他的人实在太少了。我再去的时候，手里拿了五枚朱红的柿子，准备给先生放在瓷盘里做清供，却想不到先生已经永远地不在了。进了院子，只看到那两株白杨、三株丁香、一株杏树、四株玫瑰、两丛迎春，丁香开着香得腻人的繁花，播散满院子静得不能再静的浓香。隔窗朝先生的屋里看看，看到临窗的画案、笔砚、紫砂壶、鹿形笔架、小剔红漆盒，都一律蒙着淡淡的令人伤怀的灰尘，像是一幅浅绛色的画儿了。

直到现在，我还想着什么时候能和先生一起去看看山，在夜里，在皎洁的月光下，去看那无人再能领略的山。何时与先生一起去看山？

第四辑

汤婆子帖

山　子

竹厂弟：

你发来的陶山子我都一一看过，最好的是做好后再用"乱棒"打过的那几个，有天趣。但陶山子，我以为釉水一定要厚而稠，一如钧瓷的肥厚才好。

读书写字或品香喝茶，当然最好能有一间泥墙泥地白纸糊窗干净明亮的屋子，若三五好友相聚，清茶之外再有一瓶折枝足矣。常见西藏的藏民一边唱歌一边每人手持一个一米半多长的工具在那里夯地，虽说是在劳作，但是既有歌声又有动作且步伐一致，竟就是很好看的舞蹈。泥墙泥地的泥地据说也要经这样夯过，过去的乡间筑泥屋，筑好后要在屋里屋外堆满柴草烧一天的火，让火把泥墙泥地烧结实一些，其道理一如人们平时的烧陶。因为现在的烧陶瓷往往不再用柴草，而那些古朴的茶器往往标明了是柴烧。那年我去韩国，拿定主意要买一个方便携带的纪念品，便买了一个韩国柴烧的茶杯，还有一个就是柴烧的陶山子，上边仅有一点点釉，似有似无，是不经意，但很妙。后来这山子被朋友拿去当了笔架。说到山子，当然是不少人都喜欢，我幼时，家大人独喜那种可以让植物在上边生发的山子，这样的山子放在一个有水的紫砂盘子里，盘子里的水会被自动吸到山子上，家大人在上边种苔藓，居然一派苍碧。但这种山子石质十分疏松，民间叫它"上水石"，做案头山子像是还不够资格。案头文玩的山子多取诸如灵璧和英石这样质地坚硬的石材，现在，又有了你的陶山子，当然瓷山子也好，陶山子也好，还有玉山子和水晶的山子，甚至还有木山子，只要其形状得山川之气韵便好，材质倒在其次。好山子一定要配好座，苏州和杭州的座子配得最好。山子的座不要太穿凿，以浑然大气为上，要突出山子，这需要工匠有慧眼慧心，如一味雕琢反致不妙，一如舞台上的头牌、二牌，二牌要是唱得太好，头牌的脸面就没处搁置。有位京昆大师在台上浑身是戏，和程先生配戏，下边的掌声都给了他。完戏之后到后台，程先生很生气地对他说："是看你的戏，还是看我的戏？"他只好一走了之。后来他和另一位泰斗配戏，依然是做戏太好，也是场场博有大量的掌声，对方也只好换人。这也说明了山子与座子的关系。山子的座最好用颜色深沉的硬木，当然紫檀的最好，老黄花梨虽好，做山子的座却不好。鸡翅木纹理太细碎，但做山子的座却很好。

鄙人家里的山子是碰着就随手带回来的，最好的当属扬州天宁寺所得的那两品，其一"云卷舒"据说是宋时的旧物，包浆甚厚，另一个山子色黑如铁，几乎可当磬来敲，声音甚是清越。其余几品也在不入俗之间。张大千喜欢山子当然是不少人都知道，只可惜今年台湾之行因为办不下来护照只好取消了，原计划是要去看他的山子的。

最后再说一句，我自己案头的山子，最让我喜欢的是蓝松石的那一品。看书、写字眼睛累了，看看这个山子，眼睛就会换过来。我这样说你不要笑。家大人常对我说："别看了，出去换换眼睛。"你的山子，便有这个作用，尤其是堆蓝的那一品，让人眼睛一亮，养眼。

拂尘一事

苍蝇之中最漂亮的要数那种绿苍蝇，所谓的"红官帽、绿罗袍"那种，比麻苍蝇要漂亮，而白石老人画苍蝇却多属麻苍蝇，概为其颈项间有一道一道的黑，有笔墨趣味也。关于苍蝇，是无处不在，冬天有时候也会发现一两个，或落在窗户上晒太阳，或正慢慢爬向什么地方去。居家生活，各种的杂物件里，家家必有的就是苍蝇拍。民间的绣花苍蝇拍现在应该是不再有了，几层布，密密地用线纳在一起，然后在上边绣各种的花，西番莲或凤穿牡丹，这样的苍蝇拍现在也只好在民俗馆里看到。绿纱的那种，早先是用很细的铁丝绿纱，现在也没有了，已统统被塑料取而代之。苍蝇之讨厌倒不在于它什么地方都去，比如忽然落在一泡热烘烘的粪便之上，而马上轻捷地又一下飞落在你的脸上，其最让人讨厌的是你睡觉的时候它在你脸上爬动。鄙人的兄长，当年午睡的时候忽然给苍蝇在脸上爬来爬去地弄醒，一时大怒，举着一把刀子去追那苍蝇，现在想想，那几乎像是一幅漫画。会生活的人，家里的苍蝇拍会多放几个在手边，如你在这间屋看到苍蝇而赶到另一间屋去取苍蝇拍，等回来时那苍蝇早就不知"嘤——"的一声去了何处。出家人打苍蝇却是用拂尘，拂尘的好处是不会一下子把苍蝇弄得粉身碎骨肝脑涂地，而只是用力那么一拂便把它拂晕或让它飞开。而出家人是不能用动物的毛发做的拂尘，只能用棕丝，或别的什么植物纤维，一如虚云老和尚的拂尘，是棕丝所为，从照片上看虚云老和尚的拂尘，几乎是几剩下一个柄，上边的棕丝已经寥落到几乎没有。昔年画家王世奇一次买三个拂尘，送鄙人与二月书坊主人各一柄，用以赶苍蝇十分好，打蚊子也不错，是马尾做的那种。西藏的牦牛尾，整个的斫取便是很好的拂尘，曾在宽堂老人处见到七八柄这样的牛尾，比竹柄或玉柄的拂尘都好，挂在墙上。我问宽堂老人一柄一柄的挂在这里难道是用来写字的吗，老人说那怎么可以。再去，那些挂在那里的牦牛尾又不见了。在家里读书，手边放一柄短小的拂尘很好，最好是那种朱红柄子的拂尘，如恰好是红珊瑚的柄子那你便是神仙般人物。有苍蝇飞过拂一拂便是，电视上看到中东或阿拉伯一带的国家领导人在那里开会，便有手持拂尘的某一位的镜头出现，一边开会，一边把拂尘在身边很自在地拂来拂去，忽然觉得政治场合原来也可以这样富有古典的诗意，让人觉得忽然已经置身魏晋间。

　　拂尘的另一个好处是可以把身上的尘土及时地拂一拂，至此，拂尘便已经具有了卫生用品的性质。再说一句，随身的拂尘只需一尺长短即可，拂尘的柄最好占整个拂尘的五分之二。用扭曲的罗汉竹做柄最好，用久了更好。而湘妃竹虽好，却不宜做拂尘的柄。曾在某店铺见黑色马尾做的拂尘，无端端地觉得油腻，感觉上很不好。好的拂尘，一是要用白色的马尾，二是要有一个好的柄子，羊脂玉的拂尘柄虽与手的颜色有时候比较一致，但我以为还是红色的柄子为好，一般的髹

· 163 ·

点漆在上边即可,先上黑漆再上红漆。反之,也可以先上红漆再上黑漆,但必须是大漆,大漆的好处是即使是用火烧它,一时半会儿也无妨。

拂尘好像是道家的法器之一,但认真研究一下,好像是没有一点点道理。

蛤什蟆

家大人是很喜欢从家乡那边寄过来的"蛤什蟆",一个小松木盒子,里边干干巴巴的一小块一小块的就是,其实也就是林蛙,再说细一点,是林蛙的卵巢。但小时候从乡里寄来的那些"蛤什蟆"到后来怎么吃掉,或是什么味道,我现在已全然忘记。当然现在吃这种东西的机会也很多,大饭店风行的"木瓜蛤什蟆"据说很养颜,但男人养的是什么颜?胡乱吃几口就是,还不如来小半碗清炖羊肉或者是几大块毛氏红烧肉过瘾。

小时候我是分不清青蛙和蛤蟆的,后来才知道,春天来了的时候,从地里不知什么地方肉鼓鼓蹦出来的就是蛤蟆,是金眼圈,背上疙里疙瘩,还有暗赭色的条纹。这样的蛤蟆,据说到了端午节那天,你要是能够逮到个头最大的,往它的嘴里塞进一锭老墨,然后把它挂起来阴干能治各种的疑难杂病,据说不长胡子的男人用它涂涂会长出胡子来。但一到了端午这天,往往是到处都不见这种蛤蟆的踪影,据鄙乡的人说,端午这一天蛤蟆都纷纷地去避难了,让人们往肚子里塞一锭老墨的滋味想来不那么好。蛤蟆与青蛙不一样,可以长到很大,比山东大馒头都要大,如果它一时生起气来,把自己给气鼓了,怕是像个小足球，想让它生气也不难，用一根小棍在它的背上不停地敲，就像小和尚敲木鱼，只需一小会它便会比刚才大一倍之多。

我在湖边的学校教书的时候，夜里有时候不回去，刚睡着，忽然又被什么声音吵醒了，是湖边的蛤蟆在叫，是千百只的蛤蟆同时叫，用古人的话说是在做"牛吼"，千百只的蛤蟆同时在"牛吼"，那交递而发的声音实在是不能让人忽略，你也无法忽略，吵得你根本无法入睡。还记得有那么一夜，刚下过雨，我住的那栋楼的门忽然被狂风洞开，一时间，不知从什么地方来了那么多的蛤蟆，数也数不清，都从院子里跳到楼道里来，其数目不下几百几千吧，一时蔚为壮观，让人无法下脚，只有再一步一步退到楼上去。也着实让人害怕，那栋楼，有时候还会飞进来一两只蝙蝠，黑而无声地掠过来，黑而无声地再掠过去，你会被它吓着，你回过身看，或者是它已经把自己倒吊在那里，像一把小号儿的破雨伞，"嚯"地一下，这雨伞突然又张开，径自飞走。

古代的画家有人画蛤蟆，都画得很肥硕，潘天寿先生也画，一只一只都伏在石头的上边，也都颇不瘦。蛤蟆要是与青蛙相比，青蛙就像是要漂亮许多，绿背红肚金眼圈，颜色也好。古代的神话人物我独不喜欢刘海，也就是因为他动不动就要戏他的三足金蟾，那么大一个癞蛤蟆，提在手里，笑哈哈地在那里戏来弄去，真是邋遢。这个故事我一直想查一查，想知道他为什么戏那个金蟾，有什么好处，一直想查，但过后就忘。所谓的金蟾，也就是眼圈儿那里有那么一点点金，虽说它没那么多金，它背上分泌出来的黏稠的液体却是大有用处，那液体干后就是中药铺子里的"蟾酥"。蟾酥始载于《药性论》，原名蟾蜍眉脂。《本草衍义》云："取眉间有白汁，谓之蟾酥。"取蟾酥的方法上边也记之甚详："以油单（纸）裹眉裂之，酥出单（纸）上，入药用。"《本草纲目》曰："取蟾酥不一：或以手捏眉棱，取白汁于油纸上及桑叶上，插背阴处，一宿即自干白，安置竹筒内盛之，真者轻浮，入口味甜也。或以蒜及胡椒等辣物纳口中，则蟾身白汁出，以竹篦刮下，面和成块，干之。"根据以上记载蟾酥的采制方法以及蟾酥之性状，与现今蟾酥一致。关于蛤蟆，陶隐居记云："此是腹大、皮上多疿磊者，其皮汁甚有毒，犬啮之，口皆肿。"

说到狗咬蛤蟆，我想看到过的人一定不会多，要是蛤蟆当真一下子生起气，把自己大鼓特鼓起来，我想狗还真不好咬它。

棉被子

曾经写过一篇小文题目好像就叫《被子》，还记得写这篇小文的起因是又读了一次日本作家田山花袋的小说集《棉被》，说是小说集，其实里边只收了田山花袋的两部小说，除《棉被》之外还有那篇著名的《乡村教师》。《乡村教师》写一个年轻教师很苦闷地寄居在一个寺院里，因为这一点，居然让我喜欢读它，其他的种种描写倒在其次。读这部小说的时候就想如果有寺院可以寄居，自己不妨也去再当一回教员，想想这真是有些好笑。田山花袋的这本小说集不算厚，可以说很薄，薄薄的一本，现在还放在我的书架上。我想今年如果有时间，还要再认真读它一次。与这本小说想一起再读读的还有太宰治的《斜阳》和谷崎润一郎的《阴翳礼赞》，都是很薄的小书，躺着或坐着，只需一会儿时间就可以读完它。今天是元旦过后的第三天，也就是三号，外面的太阳十分好，对面人家屋顶的积雪白得耀眼，这样的阳光在冬天其实并不很多，有这样的好阳光，在屋子里一边喝茶一边读自己心爱的书，可以一直读到天黑，冬天真是读书的好季节。我之对于自己喜欢的书，总是读了又读，而且，相同的书，如果有不同的版本还要见了就买，比如田山花袋的《棉被》在我的书架上就有好几种，但我还是最喜欢江苏人民出版社出的那本,而后来所出的版本是越出越厚,这真是怪现象。袁枚的《随园食单》,原来只要几角钱就可买到,其厚薄几近一币,而现在的新版却要厚到原来的十倍都不止;王国维的《人间词话》原来的版本也只是薄薄一本,而现在是老厚的一大本。除了要挣钱,不知道把薄薄一本书出到这样厚还有别的什么想法,而我读这些书,宁可翻老半天找出那些老版本来读。

　　说到被子,原来写过一篇这样的小文,其实不必再写,而忽然再次想到写被子,是一位朋友用自家的新棉花给我做了两床被子,棉花可以用来做插花也是我最近才知道的事,日本的插花师川濑敏郎用棉花做过无数次插花,不起眼的棉花一经插在古罗马的玻璃瓶里或日本的伊贺古陶瓶里真是美丽到无法去形容,感觉是棉花要放出光芒来。棉花会有光芒吗?当然,它插在瓶里再美丽也比不上棉被盖在身上的那种感觉。那两床新棉花做的棉被被我放在太阳下晒了一下,到了晚上盖着它就可以感觉到新棉花的味道。棉花是什么味道?几乎没人能够说得出来,但它就是有一种好闻的味道,我想,即使是语言大师,也无法用语言来把棉花那种独特的味道说出来。再说到被子,到了晚上,人人都要用被子,即使在非洲,恐怕到了晚上也要在身上盖些可以让人保暖的东西。在北方,到了冬天,晚上睡觉最好用被子把自己裹住,在最冷的冬天,我用过睡袋,因为我的阁楼上很冷,睡袋的好处是可以让自己钻进去再把拉链拉上,这样一来,整个人就像是已经变成了一个很大的蛹,暖和是暖和,但如果想在睡袋里翻身是很难的。作家厚圃来我家,我给他睡袋,他睡在里边,不知翻过身没有,但他在南方，肯定一点他是不用睡袋的。

这篇小文，拉杂得很，但到快结束的时候还是想再说一下被子，也就是，不知道在哪家博物馆，或者是在图片上吧，看到过汉代的被子，被头不是现在的"一"字形，而是"凹"字形，这样一来，到了晚上睡觉的时候就可以把长出的两头掖到肩膀之下，这样的被子肩部不会着凉，有一种病，就叫作"露肩风"，恐怕就是晚上睡觉肩膀露在外边着了凉，如果有这样的被子，或者我们把被子都普遍地做成这种，起码在北方，在寒冷的冬天，是会大受欢迎。

被子在古时叫作衾，"布衾"，而"棉布"这个词最早出现在什么时候，鄙人居然不知道。甚至，连要查一下什么典籍才可以知道都不知道。但起码，在汉代张骞出使西域之前大概不会有这个词，因为那之前中国本土还没有棉花。

汤婆子帖

去年在云南纳西族人家的木楼里吃饭,大家先是在木楼的下边围着那火塘烤火,忽然就觉得火塘里的那个黄铜火架十分可爱,马原说他一定也要搞一个,还要在家里做一个火塘,朋友们去了可以一边烤火一边喝茶一边说话。时间忽忽过了一年,也不知马原的火塘做好没有。此刻外边下着雪,马原那里可以肯定一点的是不会怎么冷,但也不会很暖和,想象他此刻也许正在一边烤火一边喝茶。在火塘旁边喝茶,最好不要用紫砂壶,就用那种大号的搪瓷茶缸,里边应该是酽酽的砖茶,喝一阵,再续一些水进去,大茶缸就放在火架的宽沿上,水就总是热的,这种生活令人向往。在古时,到了冬天,人们离不开的东西有两样,手炉与火盆,手炉里要放几块点着的木炭,可以放在书案边,写字的时候时不时把手暖一下,或者坐在外边晒太阳时,手里抱着个手炉,周身便都是暖意。如果不用手炉,那就必要有一个汤婆子。汤婆子让人想到竹夫人,虽都是居家的日常用品,却起了这样女性化的名字。汤婆子和手炉不同的地方是,汤婆子里边要灌热水进去,等里边的水凉了就再换一回,汤婆子大多是铜制品,外边还要有个套,这样抱在怀里不至于烫手。还有就是陶瓷做的汤婆子,虽然好用,但一不小心容易碰碎。而我家以前经常用的都是铜的汤婆子,冬天的晚上，母亲会把汤婆子放在被子里给我们取暖，后来有了橡胶的暖水袋，汤婆子就很少再用了。即使是现在，有时候翻找东西，就会看到放在角落里的汤婆子，忽然就有一种亲切感，还好像有些对不住它，让它在那里兀自冷落，但只要一看到那汤婆子，仿佛就又看到母亲在那里往汤婆子里灌开水，然后把盖子旋紧，再把用几层布做的套子套上，天气最冷的时候，家里每人都会有这样一个汤婆子。因为是铜制品，不用的时候要把它口朝下控一控水。数九寒天，客人来了，母亲会马上给客人灌一个汤婆子让客人用两手抱着取暖，水壶在炉子上"吱吱"响着，窗台上那盆水仙可真是绿。

汤婆子现在很少有人再用，想要一个汤婆子还未必一下子就能买到。但仔细想想，一个汤婆子用上几十年是没有问题的，或者是这一辈用过再传给下一辈，但橡胶的暖水袋就未必，用一两年就坏掉了。说到节约，鄙人以为还是铜的汤婆子好，暖暖的抱在怀里，那滋味，在冬天，真是惬意。至于火盆和纳西族人用的那种火塘里的火架子，在城里是既少见，又没处买，至于把一个火盆放在椅子下，人坐在椅子上烤屁股的事，更是只能在明人的札记里见到。而在日本，用火钵的地方还是到处可见，是那种比较大的瓷缸，缸里放一个火匣，人们团团围坐在旁边说话或做事，这又和我们的火盆有所不同。

今年，在最冷的时候，我想也许要使用一下家里的汤婆子，汤婆子上边的布套子还是母亲一针一针所做，三四层布吧，上边有两根带子，都是母亲亲手所做。母亲离开我不觉已经十年，其间，我搬过几次家，但无论搬到哪里，汤婆子总是放在我一眼就能看到的地方，看到它，就像是又看到母亲。

闲　章

　　说到印章，以前每个人都有，没有印章的人很少，领工资，到邮局取包裹都离不开印章。我父亲的印章是小犀角章，那时候这种章料不那么稀罕，做犀角杯挖出的料不好再做别的，大多都做了这种小东西，剩下什么都不能做的边角碎料就都进了中药铺。父亲的这枚小章放在一个手工做的小牛皮盒子里，这个盒子可以穿在裤带上，是随时随地都在身上，可见其重要。还有一种印章是做成戒指戴在手上，是更加安全。这都是名章。而说到闲章就未必人人都有，但书画家是必备，一方不够，两方，三方，五方，六方，齐白石的印章像是最多，所以往往在画上题"三百石印富翁"，但此翁的闲章何止三百，但他常用的也就那么几方，"寄萍堂""大匠之门""借山门客""以农器谱传吾子孙"，最后这方章最特殊，让人觉着亲切，是不忘本。白石老人的馆堂号从来都没用过"斋"字，至今尚无人考证是为什么。

　　书画家用章，首先是章与他的书画作品气韵要合。白石的章和他的画就十分合，是浑浑然一体，朱新建的章也如此，他用别人的章还真不行。傅抱石也治印，却不怎么出色，他曾给毛泽东治一印，现在藏于南京美术馆，章料的尺寸不能说小，是平稳。前不久在日照办画展,看老树的章,画上错错落落盖了许多枚,横平竖直的宋体或楷体,居然大好。

我现在所用的章,多为渊涛所刻。有一次吃饭,渊涛和我打赌,就是要喝够一斤高度白酒就输与我十枚闲章,还不就是酒,六十七度又怎么样?我还怕酒吗?是我喝它,它又不能喝我!结果我赢了,但也醉得够呛。那十方章,我拿回来,能派用场都派用场,也热闹,其中有一方是"幽兰我心"却偏要盖在梅花上兰花上菊花上。文不对题却大好。

民国的哪位画家,记不清了,最是大度有趣,老来盲一目,他给自己刻一闲章,只四字:"一目了然。"我喜欢这样的人。再说一句和刻章无关的话,那就是《上海文学》的主编周介人先生,周先生已故去多年。因为脱发,他戴一个发套,那天吃饭,天热,他忽然抬起手来把假发套一摘,往旁边一丢,说:"妈的,太热了。"这真是潇洒可爱。我看画,最怕看到"细雨杏花江南"这样的闲章,像是有意思,其实是没一点点意思,朱新建的闲章"快活林"有多好,人活着,就是为了快活。

——为了快乐。

仙鹤帖

北京有老中药铺子名"鹤年堂"者，在菜市口附近，从明代一直开到现在，但因为地近菜市口，便有人说即使现在于深夜过此，心里也会莫名其妙地七上八下，这就近于可笑。有清一代朝廷在这里所斩的人头再多，也已经是百多年前的旧事。但深秋初冬，夜间人少，还是最好不要一个人从这里走过，老北京人都这么说。关于菜市口的鹤年堂，有许多鬼故事，诸如夜间有人敲门买刀伤药，小伙计开门却看不到人影之类的故事，如有心人要一一辑录成册，恐怕会是不薄的一本好玩儿的读物。鹤年堂名品之一的"桑椹膏"据说可以当作饮料来冲饮，但时下真正有心去那里买桑椹膏来冲饮的人想必已经没有几个。但这个店名的好乃在于它有个"鹤"字，民间的"松鹤延年"向来是吉祥的意思。鹤到底能活多大年纪？大概也就几十年，而传说中的仙鹤却另当别论，因为无论是什么东西，一被加之以"仙"字，岁数便无从考证。白鹤、灰鹤、丹顶鹤好像都可以被叫作仙鹤，而黄鹤却只存在于传说之中，没人见过黄色的鹤。

金农画自己在竹林里散步，拄着一支竹杖，后边就跟着一只鹤，因为金农这样画，后来许多人也都跟着画，其实之前也有人画过。养鹤的人似乎就更多，其总代表应该是宋人的林和靖。林和靖的字好，但却被他"梅妻鹤子"的传说所掩盖,知者并不多。十多年前曾在地摊上买到过一本线装的《林和靖先生集》,至今放在书架上,里边的好诗却也没几首,想在他的诗里查一下他养的鹤是白鹤还是灰鹤,也终于没有查出结果。说到仙鹤,鄙人幼时住在公园的东边,常常能听到从公园那边传来鹤的古怪的叫声,古人所说的"风声鹤唳",这个唳字确实不好解,鹤的叫声只像是在嘴里含了几块小石头,在互相磕碰,"哒"的一声,"哒"的一声,"哒哒哒"的又是几声。这种叫声真是很古怪,说不上好听,也说不上不好听,只能说很怪。仙鹤的种类其实也不多,但从体形上讲,鄙人以为灰鹤体形比较小也好看,脑后和脖子下各垂有一绺长羽。

著名的毒药"鹤顶红",一般人都认为是仙鹤头顶上的那一块,而实际上完全是误会。丹顶鹤头顶上的红会随着季节或它的年龄起变化,到它老死,那红色会完全消失掉,而画家画它,却照例要把它画得很红,也只是为了好看。乙未年秋天真是十分地多雨,因为下雨不好出门便在家里作画,也算是好事,是雨让人不得不如此。想起画仙鹤是因为鄙人的朋友忽然做了县长,不免要贺他一贺,清代的"顶子红"或"顶子渐红"是官越做越大的意思,即使现在,官越做越大亦是好事,便画一只红顶的仙鹤给他。而另一位朋友看了却说好,亦要一幅送给他的父亲,便不免再画。画仙鹤,是原大才好,便用四尺对裁的纸。

外面还下着秋雨,如果一直这样地下下去,恐怕就要变成了雪,忽然就又想起了公园的那只灰鹤,如果天晴了,也许会去看它一下,听听它古怪的叫声。但画灰鹤,鄙人至今还不会。

拔步床

拔步床又叫"八步床",床的长度大致是一个成年人的八步,这样大的床也只能放在传统建筑里去才好看好用,若放在现在的屋子里,应该说是不伦不类,不好看也不配套。那年在匈牙利,去参观一个石头古堡,看到八世纪王公的大床,是两张床,紧挨着放在一起。我注意床与床之间的距离,那个间距,也只可容下两个手指,这样的床睡起来应该是舒服的,适合于养生,夫妻两个谁也不会影响到谁,你翻身或他翻身,或无论是谁起夜下床或再上床,都不会影响到另一个。但床的大小,虽说也有厚重高伟的天鹅绒帷帐,却要比拔步床小得多,简单得多。拔步床不是简简单单的只那么一张床,感觉上简直就是一个"建筑群",这么说因为拔步床前面有碧纱橱及踏步,可以让一个人在里面梳洗打扮或者读书或者做些别的什么事。拔步床是明代发明的,《金瓶梅》中每每写到这种床。在《鲁班经》中,拔步床被分为"大床"和"小床"两类,其实是繁、简两种,但体积一般都比较庞大,结构复杂,从外形看就是一个小屋,是房之中又套了一个小房子。在江南一带,拔步床又称为踏板床,这是因为,地下铺板,床在地板之上而得名。好的拔步床,又叫"千工拔步床",要工匠花费三年的工夫才可做得。《金瓶梅》一书中潘金莲看中李瓶儿的那张床，应该就是千工拔步床。

小的时候，我和兄长每人一张小铁床，床栏上是蓝色的漆，晚上脱下的衣服就都搭在床栏上，裤子，上衣。灯绳特意接长了，为的是到了睡觉的时候把灯绳拴在床头的栏杆上，晚上起夜一伸手就正好能把灯拉着，有时候兄长醒来，会喊一声："拉拉灯，拉拉灯。"朦胧中的我便把灯拉着，有时候就忘了把灯拉灭，直到睡在另一间屋里的母亲小声喊："关关灯，关关灯。"那时候，母亲去商店买床单，有一种蓝格子的床单布，布的尺幅宽窄正好是一个单人床的床单，若是双人床，便两幅合在一起，那种蓝格子布，想想真是经典，直到洗烂，都会让人觉得清清爽爽。和这蓝格子布一样的还有粉红色格子，母亲却不喜欢，"还是蓝的显干净。"母亲是这样说。家里的大布被，却总是紫色的，如果买不到那种紫色大布，母亲有时候会自己来染，买来颜料，把白布先在大洗衣盆里濡湿了再下锅染，这样的布被，总是有一股子颜料的味道。拆洗几次，颜色掉了，母亲会把它重新染过。从小到大，我与家兄是既没有盖过绿被子，也没有盖过红被子，更没有盖过大花被子，所盖都是这种紫颜色的大布被。

第一次睡拔步床是在安徽朋友家，当时只觉其大，和朋友睡在床上，他睡那头，我睡这头，中间放了两杯清茶，还放了一大木盘枇杷，还有几本他正在看的书，记得有一本屠格涅夫的《猎人笔记》，床头那边的碧纱橱左手是一张不小的桌子，可以倚着桌子写字读书，右手是洗漱用具，牙刷牙缸，脸盆脚盆。第一天我和朋友睡在这张床上，第二天又来了两个朋友，四个人，意气风发，盘腿平坐床上喝酒谈文学，继之是吃枇杷喝茶谈文学，说话晚了都不回去，就都睡在这张大床上，四个人四张被，此床之大，睡四个人，是谁也不挨谁。

后来我这安徽的朋友搬到新家里去住，这张拔步床没地方放只好拆掉，有一年他过到山西来看我，送我两个大红漆上髹了金漆的合和二仙，至今仍笑嘻嘻地放在我的书架上，我问他，他说那合和二仙是从拔步床上拆下来的，朋友们喜欢，他一件件地送人。亦从不说可惜那张床的话，他的祖上，是安徽大盐商，这样的床，在他们眼里，并不是什么太贵重的东西。以他对待拔步床的态度，倒让人觉出现在人的小气，一张床，摆在那里，便只当是国宝。

说　鼠

　　国人对物品的称呼往往会把它的出产地同时标出,如"胡芹""胡瓜""胡麻"乃至《金瓶梅》一书中"胡僧",都专指从西域而来的人与物,再如"川黄连",和"淮山药"还有"党参"等,都是地域性的专指。再比如动物中的"社狐",是指生活在城市里的狐狸,再如"仓鼠",是专指生活在仓库里的老鼠。现在在城里已经很少能够见到狐狸的踪影。而据说有人在故宫的晚上看到过拖着大尾巴漫步的狐狸,那一定就是社狐了,它住在什么地方？这很不好说,偌大一处旧宫苑,想必有它的藏身之处。过去的老城墙老祠堂里是既有蝙蝠又有猫头鹰,还有蛇,还有被民间人士称作"五爷"的黄鼠狼,而鄙人故乡的东北向来是只把黄鼠狼叫作"黄皮子",这些动物生活在老城墙老房子里本不足为奇,还有别的什么,很难让人一一列举,而老鼠的广泛存在可以说是肯定的事实。

　　说到老鼠,不管人类喜欢它不喜欢它,它肯定与人类关系最密切,有人的地方就会有它的存在,哪怕是船上或是在天上飞来飞去的飞机之上,但它们是不是能够叫"船鼠"或"飞机鼠"？如果有人非要这么叫,大致也不能说离谱。而人们寻常说的田鼠却实实在在是生活在

・180・

田地里。当代画家里，喜欢画老鼠的是老饕陈绶祥先生，我对他说饕餮二字分开讲，饕是贪财，餮是贪吃，如《左传·文公十八年》——"天下之民以比三凶，谓之饕餮。"注："贪财为饕，贪食为餮。"而他现在还在叫老饕。老饕绶祥喜欢画鼠，曾画有一图，老鼠与电脑的鼠标同在一个画面，画之好赖且不说，有时代气息。我去海南地面，没事去转菜市场，看到一片一片暗红的腊鼠肉小号风筝一样挂在那里，当下便想鼠肉其实要比猪肉和狗肉干净，老鼠起码不吃大便。但要请我吃老鼠腊肉，我还得要拿拿主意。有一阵子，我喜欢画那种毛茸茸一团的小老鼠，用细笔把毛一点一点丝出，茸茸的，曾画一幅《樱桃小鼠图》，用姜思序的老胭脂圈樱桃，小鼠画出用淡赭罩一下再用油烟焦墨细细丝一遍毛，真是很好看，从外边回来的一位朋友十分喜欢，硬是要去挂在他澳大利亚的家里以慰乡愁。

　　古人书写用鼠须笔，大多为小笔头，看新疆出土的毛笔，想必所用是家鼠的须毛，狼毫笔自然是用黄鼠狼尾巴上的毛，最长六厘米的狼毫笔非我辈能用得起，时下笔庄的笔，真正的狼毫几乎不见，自然界的黄鼠狼当然还有，乡老相传，黄鼠狼要是活过一百岁，玉皇大帝都得叫它舅舅，这辈分儿怎么排？恐怕无人知道。民间还多有关于黄鼠狼成精的故事，不少人家还专供黄大仙，所供也只一碗清水而已，如果黄大仙突然降临，也只好不停地喝那碗清水。

关于螺蛳

去年至漓江,已是深秋,但依然看到水牛在江里把头一下一下伏下去享受它们的水底午餐,是用嘴叨了满嘴的水草然后从水里抬出头来再吃,便觉时光并没有多大的变化,和上次差不多,只是那水牛可能已不是当年的水牛。这次来漓江,吃到一次荔浦的芋头,早知道荔浦芋头是天下的名物,也果然名不虚传。海派的画家来楚生画芋头,只用极浓的焦墨干笔,再加淡胭脂,真是好看。坐在漓江的船上,别人看山上有几匹马,我偏要看江上往来船只船尾的厨房,江上往来的船只,每只船上都有这样的一个厨房,我想看他们在做什么。很大的灶,很大的锅,有人在那里洗菜,碧绿的一盆,是油亮生辉,虽让人看不出是什么菜,却颇能引动人的食欲,还有鱼,亮白如烂银,而我又看到了芋头,已经被人洗过,浓赭的一堆,就在船尾。我对山川名胜的兴趣向来没有对民间柴米油盐的兴趣大,所以,直到现在也只好继续写小说。因为生性愚钝,所以,若和朋友一起出去,也很难给别人助兴,好在也不扫兴。但我只喜独自走,忽东忽西,专拣别人不愿去的地方,比如那一次,在一个寺院里,看到了一个年轻的尼姑,灰衣服真是干净好看,新剃过的头皮是浅淡的花青,亦好看,不知怎我就想多看几眼，我跟上人家走，没想到这尼姑一下就走到了后边的厕所，多亏那尼姑没发现有人在她后边，这便一下让我愣在那里。寺院的厕所边上大多都是菜地，这个寺院也不例外，是白菜、茄子，还有豆角，且有白色的粉蝶上下纷飞，各种的蝴蝶里，我偏喜白粉蝶，因这白粉蝶与大白菜常在一起，且不停地轻起轻落，让人觉得日月的定静都在那轻起轻落中，因为有这白蝴蝶，又觉得自己没白到这地方。

这次去漓江，其实应该说是去桂林，但我宁肯说是去漓江，一是吃了天字号最大的芋头；二是去看了深秋时节无边无际的枯荷叶与莲蓬梗；三是先在江里大石头上看到了极是鲜红的东西，问青年作家邓焕，他告诉我那是螺蛳的卵，尔后又在荷田再次看到这种卵，鲜红异常地附在荷花的残梗上，然后才看到了螺，竟是饭店里一盘一盘端给食客的福寿螺，当下发誓再不吃这种东西。从小听家大人讲神话，有螺蛳姑娘，原是一个不起眼的小螺蛳，不小心被人担水带回到家里，主人不在家的时候，那螺蛳就从水缸里出来，即刻变成一个漂亮的姑娘。她一次次地从水缸里出来做什么？民间的想象便是做饭收拾家，后来终被看破，成了人家的妻子。因为这个故事，所以小时候对螺蛳极是喜欢。那年在深圳，请周佩红和殷慧芬在街头吃麻辣螺蛳，是那种江里的小螺蛳，只见殷慧芬一吸一吮再一吐，螺蛳壳已是琳琅满地。说到螺蛳，北方人是很少在自家做来吃。但菜市场里仍可见到卖螺蛳的，一盆又一盆冒尖地放在那里，或一个女人，在那里专注地剪螺蛳壳，手脚都水淋淋的，用一把说钝不钝的老剪子，把螺蛳的"屁股"一点一点剪下去，剪好一盆，再剪一盆。有一次忍不住问了一下，问她，这样的螺蛳剪了屁股还能活几天，那女的像是很不高兴回答这个问题，只说："饭店订的。"我走过的时候，听这女的在对另一个剪螺蛳的说："这是螺蛳嘴，怎么说是屁股？"

有一种小的红螺蛳，很是红，养一两只在鱼缸里，过不久会有许多小螺蛳出来，它们怎么生活？这很让人吃惊，你稍不注意，它们的子孙居然已经这样的粥粥然，这让人想到时下的人类社会，许多人竟还不如这小小的螺蛳，可以背着自己那半透明的屋子到处走。因为房子的问题，许多的国人现在只能做没有壳的蛞蝓。

蛞蝓民间的名字很不好听：鼻涕虫。下过雨，林子里或草地上很多。它们爬过的地方，是银光闪闪。

红蜻蜓

城里的节日向来像是要比乡下多一些，有些日子虽说不上是什么节日，也竟让人喜欢，比如六月六，这本不算是什么节日，乡下这一天怎么过，鄙人是不得而知，但在城里，一是要晾晒衣物，皮毛棉麻，一起出来见见太阳；二是要吃一顿西葫芦炖羊肉，再差也要包顿西葫芦羊肉馅儿饺子。这就显出它和其他日子的不同，也竟像了节日，孩子们的开心还在于晚上可以看流萤，白天看蜻蜓。民间所言，六月六，百虫出。吾家旧居紧邻护城河，蜻蜓像是多一些，但多是那种蓝蜻蜓和黑蜻蜓，及至看到红蜻蜓还是多年以后的事，京华护城河一带，到了夏日的傍晚，红蜻蜓成百上千，什刹海那边也一样。两年前在桂林，塘里的荷花早已开过，只剩下一塘的枯荷，却照样有红蜻蜓飞来飞去，桂林这边的红蜻蜓小一些，飞来飞去格外的红。蜻蜓是昆虫里的飞行高手，可以在空中飞飞停停，一动不动停在半空，然后再飞，这本事别的昆虫没有。蜻蜓的头大，而眼睛更大，水灵灵的，所以鄙乡有称蜻蜓为"水包头"的，想想，真是很形象。小时候喜欢蜻蜓，却总是让你捉不到，记得有一次母亲不知从什么地方给我捉了一只蜻蜓来，兴冲冲地拿给我，现在想想，母亲是怎么小心翼翼地捉到的那只蜻蜓？

只此一件事，总让人忘不掉。关于蜻蜓，还记着邻居家王姨有一只玉蜻蜓，但不是汉玉的那种，是首饰，翅膀会动。而真实的蜻蜓不唯翅膀会动，头也会动，蜻蜓的头和身子相连的地方像是有个轴，转着动，样子十分滑稽。

年轻的时候，曾梦想着去做一个昆虫学者，手里是那么一个捕捉昆虫的漏斗形的网，一边走一边挥动，蝴蝶蜜蜂纷纷落网。及至老大，再没了这种想法，但偶尔一两只蜻蜓飞来，或忽然落于眼前，还有要把它捉住的想法。还有那种叫豆娘的小蜻蜓，宝蓝色的身子，翅膀却是黑的，一旦落下，翅膀就会合拢收在背上，这和蜻蜓大不一样，蜻蜓落下来的时候翅膀不会收拢，只会稍稍向下垂着一点。

说到蜻蜓，其实真没有什么好说，有池塘的地方照例就会有蜻蜓，蚊子多的时候抓一只放在蚊帐里它会把蚊子全部吃掉，这真是比任何的药物都好。龙安堂堂主画家耀炜说下一回你该写一写蜻蜓了吧，我就觉得是该写一写。这真是很怪的事情，画了那么多蜻蜓，对蜻蜓以为了如指掌，但翻看昆虫图册，才知道还有全白的蜻蜓。鄙人画蜻蜓，多配以枯荷，不少不耻下问的朋友还屡屡问荷花枯萎了还会有蜻蜓吗，这就又让我想起了桂林，桂林是个好地方，风光好是自不用说，马肉米粉之好也是别处少有。北京街头也有桂林米粉店，味道可真是差得太远，用陈绶祥老兄的话是：那是米粉吗？那是味精拌面条！他有资格说这话，因为他是桂林人。其实以鄙人的经验而言，只为去吃一碗马肉米粉，也值得去一趟桂林。

当然一路坐船在漓江上还会看到许多的小红蜻蜓。

蜘　蛛

不说明代的宣炉，只说当下，还是以陈巧生做的炉为好，我以前经常使用的篆香炉就是他做的，盖子做蛛网状，上边伏着一只蜘蛛。打香印的篆模就只四个字：唯吾知足。这个印模做得很巧，因为这四个字里都有一个口字，便把这个口字放在了正中，省略了笔画不说，看了还让人觉得颇具巧思。这个炉我现在很少用，主要是没有太多的时间来做灰打篆。比如我现在写这篇文章的时候手边就放着香，是那种电热的品香炉，放一点达拉干的沉香碎屑在里边，可以闻很长时间，还没有一点点其他的杂味，若不是做香道表演或喜欢那种情调，其实电热香炉是最好的选择。陈巧生的炉曾经想过要多买几个，但兴趣一消失，就不再想了。丰子恺先生喜欢收集篆香炉，据他自己说是见了就买，也不知到底买了有多少个，当时丰先生还可以到中药铺去买沉香粉，这真是让人羡慕，现在即使是北京同仁堂本堂的沉香，也没得一点点香气。

因为陈巧生的香炉而忽然说到蜘蛛，不免就说到画蜘蛛，画了多年的蜘蛛，那天突然发现蜘蛛原来是八条腿，而普天下的昆虫都只六条腿，还是羕斋衣禾告诉我，蜘蛛本来就不是昆虫而是节肢动物，从小看蜘蛛，想不到它居然会不是昆虫，居然不是蚂蚁苍蝇们的同属，天底下的知识信是学不完的。忽然又觉得蜘蛛应该是在水域里横来横去的螃蟹们的远亲，便想找相关的书来看看，却一时又找不到。虽然小时候几乎是喜欢各种可以捉到手的昆虫，但蜘蛛却总不能让人喜欢，也没听说有人会喜欢蜘蛛，到后来读古典小说《西游记》，里边蜘蛛精们住的洞府叫"盘丝洞"，却觉得这个名字叫得好，虽然八戒会变做一条滑不溜溜的鲇鱼在蜘蛛精们的腿间股间钻来钻去，当时就觉得这个八戒真是相当让人讨厌。各种的昆虫里边，蜘蛛可能是最不能让人喜欢。但蜘蛛又是无处不在，忽然间就不知从什么地方爬了出来，或者会空降兵一样从上方直垂下来。如果是极小的那种，民间就把它叫作喜蛛，如果是个头极大，说什么都无法让人接受。吴悦石画人物，喜欢在人物的上方画一只蜘蛛，是"喜从天降"，画一只蝙蝠便是"福到眼前"。蜘蛛跟喜有什么关系，至今遍查诸书都不得其解。而汉八刀的蜘蛛是什么意思也不能让人知道，汉代玉雕里不但有蜘蛛，还有蚂蚱和螳螂，还有蚕，但未必都会有什么含义。市上现在有卖宠物蜘蛛的，放在手上会占满一个巴掌，毛茸茸的。这种蜘蛛有幸在中国被当作宠物，要是在东南亚的泰国或者是越南，等待它们的命运是被人们用油煎煎吃掉。中国人的吃蝎子，泰国人的吃蜘蛛，让欧美人看了蹙眉踟步不敢近前。这两种东西，一旦装盘荐上，我也会蹙眉踟步。

再说蜘蛛，家大人会用香烟盒里的锡纸做蜘蛛给我们玩儿，搓个球，再用锡纸搓八条腿，是银闪闪的蜘蛛。及至后来，我也会给我的女儿做这种玩意，到了现在，那天，我看到我的女儿用包巧克力的金箔纸正在给她的儿子做蜘蛛。

在各种的虫子里，蜘蛛的打包技术最好，只不一会儿就会把落在网上的一只蚂蚱或一只别的什么给打包得严严实实，任你再有本事也逃不脱。虫子们要是进行大选，相信蜘蛛是可以出任纺织部部长的，或者出任空防部部长也可以，如果虫子王国有空防部的话。

梅 瓶

  鄯乡之西边，也就是要去看大古董云冈石窟必经的路边有个烧瓷的古窑址，现在却只存着名字，别的都已荡然无存了，这窑就是著名的"青瓷窑"。"青"在古时的意思是黑，"青年"，原指头发还黑的人，当然有人到了六七十岁头发还一团乌黑，但毕竟少。京剧里有"青衣"行当，若真穿了一身的黑上场，便肯定是生活很苦的女子，身上竟然没有一点锦绣可看，比如薛平贵的妻，早早地出去挑苦菜，一头一脸的土不说，还要时时提防着被人调戏，随时准备着要从地上抓一把土往那人脸上一扬而趁机逃走，其实最终也无处可逃。青瓷，不用说，就是黑瓷。鄯乡所出的黑瓷可真够黑，有多黑，还真不好说，只好不得要领地说一句："要多黑有多黑。"这就是没了比方，只好去想象。鄯乡人家的盛水器或者是不盛水而用来盛物的很大的瓮或缸大多都是这种黑颜色，很少有河南地面的那种酱色釉。在鄯乡居家过日子，几乎是家家都备有这样的几个瓮或缸。青瓷的瓮或缸有一大好处，就是可以储物致远。你把油放在别的容器里容易坏，而放在这样的瓮或缸里，几年过去，那油的味道还一如初榨。若以这种瓮或缸储放刚从树上打下来的青杏，可比别处多存一倍的时间，而且亦不败坏，常有坐化的老和尚就被端坐着放在这样的大缸里，上边再加扣一个大缸，三四年后打开看，据说有颜面如生者。所以即使是现在，每随人去寺庙，若在廊下或后院见了个头很大的缸放在那里，总忍不住要探头探脑，看看是不是有个老和尚正端坐在里边。而我所看到过最大的这种青瓷大缸却还是在染坊，人可以坐在里边洗澡，如果愿意，两个人同时进去洗那么一洗也没有问题。而酒坊的盛酒器一般也都大，虽然大却多是瓮而不是缸，因为要长年地放酒，虽然无比庞然地大，但口一定要收小，以方便遮盖。而酱菜作坊晒酱却一定要用敞口的缸，好让里面的大酱也见见日光风露。

鄙乡青瓷窑在辽代据说是专门烧酒瓶子的，辽代风行葡萄酒，其风行程度一如现在到处发誓绝无假货遍地都在卖的法国红酒，而辽代的葡萄酒我想其可信程度一定在现在市面上的法国红之上，可以证明此言不虚的是鄙乡现在到处都种有葡萄。而放葡萄酒的那种酒瓶当年却是叫"坛"，细溜长，挂着好看的黑釉，俗称"鸡腿坛"，猛看可不像个鸡腿。这种瓶子时不时地有出土，以上边有字者为贵。也并不见上边写"葡萄酒"字样的，大多是人名，某某某，谁谁谁，或几郎几郎，古人习惯称几郎，"十三郎"，或者是"王八郎"，让人不能不感叹古人的生育能力。民间的叫几郎几郎而不叫官名的习俗，可以杨家将的故事为证，佘太君的儿子简直就像是从来都没有过大名，三郎、四郎、五郎、六郎就那么一路地叫下来，也顺口。

"鸡腿坛"小一点的有五六寸，大一点的足有两尺多，用以插一枝梅花，或者没有梅花而插一枝别的什么花都很好看。我很想下功夫考证一下这种瓶到了南边，或到了辽之后怎么会被人叫了"梅瓶"，可惜手头没有更多的书籍可供查找，一时也不知该从何查起。但毕竟是北地不如南方风雅，北地叫"鸡腿坛"，而南方却风雅得紧，叫"梅瓶"，这样的瓶子插梅花固然好看，而我家的"梅瓶"里却插了几枝干枯了的莲蓬，也像是不那么难看。而坊间有杂货铺子把鸡毛掸子直接插在"梅瓶"里的，也不难看，想必也没人会对此提什么意见。有朋友说"梅瓶"之所以叫"梅瓶"，原也是放酒的，放"梅子酒"，我以为这真是扯淡！

我宁肯相信它是专门用来插梅花的。

纸　窗

　　民间的歌谣，很少有专门用来歌唱太阳的，四川的那首《太阳出来喜洋洋》算是一首。虽说因为太阳出来而普遍地让人感到喜洋洋，但太阳的好处大家不一定都知道，以我的经验，如果接连下十天半个月的雨，到处水汪汪的，即使是屋里，也在不停地下，人们才有可能会去想念太阳。去年在新疆昌吉的老胡杨林，是奇热，温度恐怕有四十多度，这时候的太阳就不能让人喜洋洋了，是让人发愁。曾经看到过一张清朝末年故宫的老照片，三大殿前搭有很大的布帘子，就是专门用来遮挡太阳的，那帘子之大，挑起放下想必不是件容易事。皇帝住的地方如此，平民百姓的四合院到了盛夏也一定要想办法遮阴，要搭席棚。鄙乡的学者邓云乡先生曾著一书专门谈北京的四合院，里边就载有北京入夏在院子里搭席棚的琐琐碎碎，包括用什么材料、怎么搭、苇子做的席箔要有多长多宽都写得极为详细。鄙人小时候写仿，两个抽屉的桌子就在南窗之下，横着放，太阳是从左手照过来，冬天还好，太阳从窗外照过来真是让人感到亲切。而到了夏天，父亲照例会在窗户上再加一层纱窗，一是可以让太阳不再那么强烈，二是可以挡蚊蝇。那时候的窗纱编制都是用那种极细的细铁丝，当然是用机器来编，而且是绿色。现在已经见不到这种窗纱。在这样的纱窗下写字，太阳不那么晒，外边的风也能进来，极是惬意。这样的纱窗，到了冬天父亲照例会把它下下来，放到放杂物的小房里去，到了来年夏天再把它装起来。这一年我们学校号召学生们学习蚕桑，每人分得一小片蚕籽，我便在这纱窗上养起蚕来，蚕吐丝做茧，盛夏也来了，那纱窗又被父亲装在了窗上。

玻璃虽发明很早，但用在窗上算来算去还不到一百年。玻璃的好处在于你坐在屋里，院子里一有动静你就可以看见是谁来了。在乡下，即使是安不起玻璃的人家也会在窗上装一小块巴掌大的玻璃，以便看到院子里的动静。用鄙人乡下的话说是："照一照，看看是谁来了。"现在古董市场上的老琉璃大热，而琉璃虽不透明却五颜六色，屈原先生之《离骚》里说的"高余冠之岌岌兮，长余佩之陆离兮"，实实在在就是说他的冠上装饰着琉璃。琉璃与玻璃，二者的区别是玻璃透明，而琉璃不透明。窗上可以装的不透明的那种现在又通称为"毛玻璃"，而不能叫琉璃。毛玻璃的好处在于外面看不见里面，当然你坐在屋里照样也看不到外边。在乡下，是没有人会在窗上安毛玻璃的，用乡下老太婆的话说是"瞎里咕咚"。今年夏天的热，让鄙人不得不搬到阁楼上去住，阁楼上凉快一些，而三角形的窗子又无法把窗帘装上去，每天都是早早就被太阳光晃得醒来，白天要想睡一觉，光线也晃得人有些受不了。这就让人想起纸窗的好，纸窗的光线永远是柔和的，虽然有时候它可以让屋里很暗，比如下雨的天气里，但北方的雨向来不是那么多。现在的韩国和日本，窗子和拉门上还多以纸糊之，有一种别样的柔美。但窗纸并不那么好糊，会糊的，俟窗纸上的糨糊干透之后，用手指轻轻弹击，其声音"嘭嘭"作响。窗纸的不好处就是随时可能被人弄一个小洞，屋里的秘密便都在外边人的眼里，一如《金瓶梅》之中关于窗纸的种种描述，而现在的建筑，即使你非要别出心裁，你也不好安过去的那种纸窗，但在玻璃上贴些纸还可以，鄙人最近就在平时写字作画包括睡觉的阁楼的窗子上贴了竹纸，竹纸微微发黄，有制纸时所用竹帘的一道一道的细纹，很好看，光线从外边过来，也柔和了许多。用这样的竹纸贴在窗玻璃上很方便，纸一旦有破损，马上可以再贴几张新的上去。一刀新昌那边出的竹纸也就不到十元，便宜得很。宣纸现在大贵是因为原材料越来越少，而竹子在南方到处都是，一时还不会绝迹，你用我用大家一齐用的一直用下去，再用几百年想必是没有问题的。

纸窗之下，宜养菖蒲，宜配一拳灵璧。

又名土狗

　　宋人作工笔草虫，动辄是蚂蚱蜻蜓、蜜蜂螳螂，或者是华丽无比的蝴蝶，或者，还有毛虫，给一只鸟衔在嘴里，犹在蠕蠕动。在这些昆虫之中，螳螂身子最软，肚子又大，却能飞得极是高远，倘若细看，会感觉它是拖着大肚子在天上挣扎，真正是青天白日世道艰难！螳螂的武器是它那两只大刀片样的前足，小时候捉虫子玩儿，对螳螂总是心怀几分怕。螳螂的颜色大致有两种，绿色和麦草色，而这两种螳螂的肚子又都是那种亮紫，和茄子的颜色差不多，紫而亮，能把这种感觉画出来很不容易。那种紫用张爱玲的话说是"油紫"，油亮油亮的紫，蚂蚱的肚皮也有这种颜色的，也不易画。白石老人作工虫很少用到这种颜色，虽然老人一生画了无数的草虫。蚂蚱的颜色比螳螂的颜色要丰富一些，而那种最不起眼的土灰色的小头蚂蚱，一旦飞起来翅子又是粉红的，实在是很好看，那种粉颜色实在是诱人，总想画这样一只飞动的蚂蚱，但就工虫而言是史无前例无粉本可依。黄宾虹老先生笔下的写意蚂蚱有奇气，细看零零落落的一团线条，猛看是一只蚂蚱在飞动，是自家稿本。

　　各种草虫中，蝼蛄的翅子最小，却亦能一下子飞起来，而且会发出"扎扎扎扎、扎扎扎扎"的声音。看蝼蛄之飞舞，是在城里的路灯之下，是仲夏夜，人们光着膀子在路灯下打扑克，"啪"的一声，有什么从空中突然坠下，有食指大小，是蝼蛄，一下子摔下来，却马上会一翻身再爬走，然后再飞起来。因为是夜里，抬头看空中的蝼蛄，也只能看到它不停转圈儿的影子，至于它怎么扇动它的翅子，根本就让人看不清。蝼蛄能飞却不善飞，一旦飞起来，总是马上又摔下来，然后爬起来再飞。那样的仲夏夜，路灯下边是打扑克的人，路灯上边是飞着的蝼蛄，远处有蝈蝈叫。

齐白石老人笔下的蝼蛄，总是伏在那里，蝼蛄的两只前爪像两只分叉的圆拍子，翅子是复翅，两个很小的翅子，下边又是两个比较长的翅，蝼蛄的眼睛又小又黑又亮。通体是褐色，画蝼蛄用色简单，赭石稍加一点藤黄即可，当然还有墨。北方的蝼蛄大都如此。南方呢，我想也如此，五颜六色的蝼蛄没人见过，白石老人大概也没见过。蝼蛄据说会叫，听过蝼蛄叫的人我想不会很多。蝼蛄俗名"土狗"，或者叫起来一如犬吠？这也只是由名字生发出来的古怪的联想，想一想也不可能，昆虫的叫声怎么会像狗叫。而蛇的叫声我是听到过的，那年我在北戴河的望海亭坐着望海，是夏天，忽然就看到一条华丽无比的蛇在道边一下子立了起来，而且在叫，"嗞嗞嗞嗞"，像流氓吹口哨，真是吓煞人也。

四川有一道只在民间才吃得到的土菜"辣子爆土狗"，据说很好吃，用四川话说，是"以之下酒，格外滋味"。此菜不但滋味好，据说还能壮阳。在中国，许多古怪的菜都似乎有此一功效，据吃过这道菜的人说此菜不但香而且大有嚼头，这在北方人是不敢想象的。湖南人吃不吃这道菜？如果湖南人也吃这道菜，白石老人想必也下过一箸。白石老人笔下的蝼蛄总是很安逸的样子，静静伏在那里，当然它是永远没有被人放在锅里烹炒的危险。我一直很想画飞动中的蝼蛄，但无法起画稿，把黄宾虹老先生的画册翻遍，也不见有蝼蛄在里边飞。

　　蝼蛄，又名"土狗"。

竹　帘

　　今年五月底天便大热，进入阳历的六月天就更热，早晨做完必做的日课后照例是看书。在家里找凉快的地方，也只能是在露台上，把两边的门全部打开，再把竹帘放下来，人半坐半躺在躺椅上，是很舒服的。周作人先生的《亦报》随笔每一篇都很短，很合适坐在那里一边喝茶一边看。早上照例是吃了两三块北京稻香村的点心，那种枣泥馅的，虽不如前几年，但因为爱吃就总是要买到这种才放心。有两种东西鄙人是从不换牌子的，一是北京稻香村的点心，二是北京同仁堂的中药，但一个人没事吃药的时候毕竟很少，虽然如此，也一时兴之所至买了几盒北京同仁堂的"苏合香丸"放在那里，这已经是近乎病态，但"苏合香丸"据说不是药，而是各种香料的总汇，但到底怎么香，还从来没有试过，今年的夏天如果一直这么热下去，准备无论如何要试一下，也许会中一回暑，或者是大吃川菜上一回火，这就有一试"苏合香丸"的机会。早上吃点心，不免要喝茶，鄙人早上喝的茶照例是北京的花茶，老北京人一般都喜欢喝花茶，你给他喝最好的新绿茶，他会说："怎么一点都不香？"受北京喝茶风气的影响，花茶在天津也像是大受欢迎。虽然花茶不为真正喝茶的茶人所接受，但一般人喝茶也不会按照茶人的方法来，喝茶还是以随便为方便法门，一是要水开，二是要茶香，三是要有一个大杯子，这便是鄙人的茶经。再说到喝茶，最最倒人胃口的就是时下的茶艺表演，你去喝茶，口渴难耐，她那里却慢慢表演起来，好像她不那么表演一下，我们就普遍地一下子都不会喝茶了。鄙人的生活态度向来是有花插插有茶喝喝，"随便欢喜"是第一法门。

　　因为今年早早就热起来，准备实行赤膊主义，家里没人的时候便要大赤起来，亦算是一种享受，平民的享受便在于夏天可以赤膊。另一件事是要换一下竹帘，夏天挡太阳非竹帘不可。而当下装修房子安装的那种竹帘漂亮是漂亮，却密实太过，太阳完全被遮挡了去，把这样的竹帘一放下来，光线一下子就暗下去不说，连风也好像被挡在了外边。夏天用的竹帘还是以那种手工做的老竹帘好，有缝隙，可以让一道一道的阳光从外边斜进来。这种一道一道的阳光无论照在地上或照在人身上都有一种说不出的美感。谷崎润一郎好像在他的《阴翳礼赞》里说过竹帘的事，即使他不说，一般人也知道那种老竹帘的好。但现在这种老竹帘还不好买到，土产日杂商店里的各种物品能够用塑料替代的都已经变成了塑料制品，这就让人很生塑料的气，很想学习一下画家于水的文章法，比如他写过一篇文章题目就叫《枪毙猪头肉》，但一时又学不来。虽然题目也已经想好了，是《枪毙塑料》。这题目像是一个人在说气话，但塑料统治天下的局面是应该改变一下了，不能什么东西都用塑料来做，说实话，我很讨厌塑料。

还说竹帘吧，不知道什么地方有那种手工编的老竹帘，这样的竹帘，即使晚上，月亮好的时候，月光也会一道一道照进来让人看得清清楚楚。虽然竹帘不是用来遮月光的，而月光也没什么温度。

胭脂帖

少时读《匈奴民歌》,及至读到"失我焉支(胭脂)山,使我妇女无颜色。"便令人做无尽想象。后来才知道胭脂只是一种草的提取物,再后来查诸书,知道匈奴民歌里所说的胭脂山上所产的一种花草,名字叫"红蓝草"。《五代诗话·稗史汇编》上所记如下:"北方有焉支山,上多红蓝草,北人取其花朵染绯,取其英鲜者作胭脂。"这里有一个问题,好像是这种草整株的取来都能用,花朵可做绯色染料,古代的美人或不怎么美的妇女日常生活像是都离不开胭脂。鄙人家中曾旧藏两个唐代的小胭脂银盒,一个鎏金的,有墨水瓶盖大小,上边自然是花草飞鸟,一个纯银的菱形盒,略比火柴盒小一些,上边的图案也不外是花草飞鸟,当年都是用来放胭脂的。《红楼梦》中的小丫头调笑宝玉,想不起是哪一位了,她说:"我这嘴上是才擦的香浸胭脂,你这会子可吃不吃了?"一张脸,胭脂能抹到哪里去?

说到胭脂,凡画花鸟的都离不开。好胭脂,调淡了十分娇艳,画海棠离了胭脂就不行。调浓了会厚到没底,一眼看不到底的那种浓丽,但还通透,不是一片死颜色,用胭脂,最好是膏,密封它,不令它干掉,干掉再用水兑胶重新调过,便不好使。去苏州,第一件事就是去找胭脂，姜思序的当然最好。朋友送我一点清代的老胭脂，更好，画萝卜调一点，真是好看。民间的过年过节蒸大馒头，馒头上要点梅花点，雪白的馒头，用胭脂一点喜气便出来。过年过节，小小孩儿的额头眉心也要用胭脂点几个点，也煞是好看。在鄙乡，民间把几乎所有的颜色都叫作"胭脂"。早些年的衣服，颜色旧了就要染，灰的染蓝，蓝的染黑，粉的染红，红的染紫，总让人感觉是新衣服在身。染衣服就要去买染料，若哪位是去买染料，你要是问她：做什么去啊？她会说：去买点胭脂。没有人会说是去买颜料，或是说去买染料。那年去印度，让人眼睛看不过来的就是到处可见的各种一大锥一大锥的颜色，我想看有没有胭脂和洋红，但独独没有这两样。印度那些一大锥一大锥的颜色并不是用来作画或染衣服的，而是五花六绿全部下肚子。印度人用丹砂点眉心，赤红无比。

　　胭脂在古代不便宜，即以唐代的物价而论，当时的一两胭脂值九十文，而上等的沉香才值六十五文。我作画，素喜古法胭脂，清邹一桂《小山画谱》中载胭脂："法用红蓝花、茜草、苏木以滚水挤出，盛碟内，文火烘干，将干即取碟离火，干后再以温水浮出精华而去其渣滓则更妙。初挤不过一二，再挤颜色略差，烘之以调紫色、牙色、嫩叶、苞蒂等用，至点染花头必用初挤。"

　　古法上品胭脂膏现在市上已找不到，或有售小干块儿者，加水兑胶均难如人意。

阁楼记

说来好笑，我竟然会喜欢阁楼，这也许与当年看过周立波的一本小书《亭子间里》分不开。周立波青年时期住上海，因为没钱，想必也只能找一间亭子间栖身，而亭子间也恰好像是当年文学青年的好去处。亭子间虽小，但有书籍可看就行，因为读书或思考，亭子间晚上的灯光往往会亮到很晚很晚，想必当年穷书生们用的都是那种美孚牌子的煤油灯，当年使用这种牌子的煤油是可以得到一盏美孚公司白送的灯具。那年我去上海，金宇澄陪我到处找宾馆，我是执意要找一间很老很老的去处，在上海的里弄里转来转去，结果真还给找到了。老旧的木楼梯每踏一级都会"咯吱"作响，上到最高一层，头顶便是一大块可以支起来再放下去的大木板，上人的时候把木板支起来，人上去后再把木板放下来，真正是"一夫当关，万夫莫开"。好了，就这样的现在再也找不到的旅馆，当时让我一波一波的兴奋，那一晚，是金宇澄陪我待了一晚，隔床而谈，外边是不绝的市声。夜里的市声有几分朦胧，却又清晰，不断地从下边传上来，是一辆车过来了，接着又是一辆，或是夜归的人在说话，清晰过来，再朦胧远去。两个人，或三个人，杂沓的脚步声，或是有人骑了自行车，按动了自行车的铃，

"丁零零零、丁零零零"深更半夜他按铃做什么？金宇澄告诉我也许是送牛奶的。忽然有人上楼来了，木楼梯好一阵"咯吱"，而复又归于寂静。这样的阁楼旅馆怕是现在全上海也没有了。屋顶当然是坡型的，个子高的人会磕头碰脑。想想当年的生活，有多少人在这里磕头碰脑。这样的木楼，私生活几乎是公开的，你在那里翻身，整个床铺都会跟着叫起来，不但床铺，楼板都会跟着大惊小怪地"吱吱嘎嘎"，因此，如在这样的房子里新婚，那种种技巧必定要慢慢琢磨才会渐趋成熟。这样的阁楼顶顶合适给革命党们用来密谈，放低了声音，谁会听得到？饿了，把一个篮子从窗口吊下去，让下边的人帮着买几个蟹壳黄或者再加几个茶叶蛋。

因为喜欢阁楼，上一次搬家的时候我就到处打听有阁楼的所在，我现在的住所就是一个复式的，上边那一层就是所谓的阁楼，亦是坡顶，一间的顶子歪过来，是一头高一头低，另一间的屋顶也是歪过来的，也是一头高一头低。客厅和厨房是在下边一层，起居室也在下边，洗浴什么的也在下边。我的工作室和收藏室都在上边。有一阵子，我热衷于收藏古代的各种艺术品，也多是一些破烂，也都放在上边。在阁楼上，那两个小小的窗户可以让你看到完完整整的一片天，没有什么遮挡物。阳光也非常地饱和，还可以看到鳞鳞的红瓦片。我在阁楼上读书写作的时候下边有客人来了，开门关门、说话换鞋子都与我无关。有一阵子客人们来常常是参观性质的，这边那边地又看又问，忽然有人惊叫起来，是这一位客人看到了我的挂在下边的画，连说"好啊，好啊"。我在上边听了心里就很得意，希望他再喊几个"好"。那

· 205 ·

一阵子过来看画的人多，因为不知谁听说画价也要涨。也有人翻书。而这些，都不会妨碍我在阁楼上边读书写作。下边的人亦是不知道我在上边。若有人要上来看，我会躲到露台上的玻璃房子里去，却总是终于会被发现。我会说，你们什么时候来的？我怎么听不到？而他们却已经去了另一间屋，去了我有时候会休息一下的那间屋。那间屋的墙上挂着画家于水的仕女，放着我家的一些黑白老照片，还放着两幅我画的尺寸最小的草虫，大小各一巴掌，一只蜻蜓，一只蚂蚱，装在大真禅房主人送我的花梨木框子里，笔触非常地细腻。接下来，他们又要过到这边的阁楼屋子里看，这边是画案和电脑，画毡已经非常地墨迹斑斓了，我写小说和作画都在这边。然后是楼梯响，照例是，她们或他们又已经下去了，上边又复归于寂静，日子便这样一天一天过下去。在阁楼上读书晒太阳，我有时候还会想，上海那边，不知现在还会不会有那种一步踏上去就"咯吱"老半天的老阁楼，那样的阁楼，从窗口望下去可以看到下边的窄窄的弄堂，上海最最真实的生活其实全在这种地方；再望望对面，想象中，对面阁楼上的胡琴即刻响了起来，拉胡琴的阿丹那时候真是年轻，而且漂亮。

蝴蝶飞南园

"蝴蝶飞南园""池塘生春草"这两句古诗,已经记不清楚作者是谁了,原是两首诗里的各一句,但我硬是喜欢把它们当作上下联写在一起,又是蝴蝶,又是春草,又是南园,又是池塘,这两句诗真是清新而绮丽,无端端让人觉得满乾坤间都是春天的气息。说到蝴蝶,不喜欢它的人很少。曾经在潘家园的旧书摊上买到过一本《唐五代词》,上海古籍竖排本的那种,书的主人在上边用铅笔做了不少批注,而更让我喜欢的是书里夹了不少花花朵朵和蝴蝶标本,我想这本书是在其主人不知情下被当作废纸卖了出来。里边的蝴蝶被压在书页里居然没有损坏,蝶翅上闪闪烁烁的宝蓝色真是好看。那年去云南,有蝴蝶标本卖,一时买了许多,枯木蝶虽然十分稀有,但不好看,那种宝蓝色的大蝴蝶真是好看,后来在潘家园又看到这种宝蓝色大蝴蝶,一只已经要到两百多元。说到蝴蝶,是不分南北的,南方有,北方也有,即如我小时候,经常去菜地旁边捉那种名叫"白老道"的白蝴蝶,白色的翅子上有两个小黑点,翅膀梢上还会有一点点黄。这种蝴蝶在菜地上飞来飞去令人眼花缭乱。而我小时候独喜在郊外才能看到的那种很小很小的蓝蝴蝶,翅子上有一排黄色的花纹,但这种小蝴蝶总是让人捉不到，又总是在你身边翩翩地飞来飞去。还有就是榆树上的一种大蝴蝶，金红的翅子上有宝蓝色的点子，华丽得不能再华丽，让人真是喜欢，小时候只要见到它就会跟上跑，不问脚下深浅。

我的第一部长篇小说就叫作《蝴蝶》，出版社为了好卖，又在"蝴蝶"前边加了两个字"乱世"——《乱世蝴蝶》。幼时随家大人去看越剧的《梁山伯与祝英台》，看来看去只是唱，让人觉不出什么好，只是看到结尾处梁山伯和祝英台忽然化作两只蝴蝶飞出来才有一点点让人开心。印象中，蝴蝶总是在飞，不停地飞，而那次去云南，我却遇到一只不肯飞的蝴蝶，它只落在手上，你把它挥去，它又落过来，真是怪事一桩。后来我把它移交给舒婷，舒婷就让它落在手上把它带到了车上，后来的故事是舒婷告诉我那只蝴蝶在她的背包上产了许多晶晶莹莹的卵。这是一只急于生产的蝴蝶母亲。

蝴蝶好看，但不易画，画家画蝴蝶，实实在在是一件头疼的事，越漂亮的蝴蝶画出来越假。白石老人也只那种黑色的蛱蝶画得好，一笔，两笔，三笔，四笔即成，若是花蝴蝶，起码是到了老年后白石老人很少再画。近百年来，只靖秋女士的蝴蝶画得不俗，靖秋女士是清道光帝的曾孙女，溥雪斋的亲妹妹，真正的金枝玉叶。我见她一把扇面，上边落三只蝴蝶，用色勾线果然轻灵可爱。

吾乡有句话，英雄莫问出处。说到蝴蝶也是，蝴蝶虽漂亮，但你莫问蝴蝶之出处，再漂亮的蝴蝶当年都是毛虫，几乎无一例外，所以，我们只说它现在如何漂亮即可，不说它过去是如何蠕蠕地来去，再漂亮的蝴蝶只是它今天漂亮，而它们的过去无一不是害虫。

铁如意

我在辽代始建的华严寺上院陆陆续续住过大半年,所以对那个寺院至今怀有他处无法相比的亲切。其实也就是于日中的时候睡一觉,然后老和尚该去做什么就去做什么,比如他去种他的菜,我自己当然是也有自己的事做。而唯有方丈室里供一颇大的石头如意让我至今不解,如意前有一炉香,竟也日受一香,这简直是没有典故可查。小时候读《西游记》简直是喜欢极了,民间之百物几乎都可以在《西游记》里做道具,比如一个铃铛,只要妖怪摇一摇,里边即刻就会放出火来,比如一个瓷瓶,只要一妖怪做法任什么东西都能被收进去。八仙之八位的手里也大多有东西给拿着,蓝采和的檀板和铁拐李的葫芦,或是一枝荷花、一个花篮,到一定时候都会变得法力无边。而如意却好像是没有被什么神仙当过法器,至今并没有十分留意地去查,但也时时留意,却没有神仙或者是妖怪专门拿它来做法器。清代许多的资料都记载着宣统皇帝选后时手里拿着一个如意,当然应该是他看准哪一位就把如意递到哪一位的手里,而后来却终不能如意。

如意最早就是人们用来搔痒的痒痒耙,这是人们都知道的事情,比如你百般地搔不到你背后的某处,只需用痒痒耙搔一搔,其痒立绝,那感觉真是如意。我母亲大人曾经用过的痒痒耙现在还在,一柄是竹子的那种,一柄是红木的。而红木的那个虽然贵一点却不如竹子的好用。痒痒耙几乎家家都有,百货店里也不会忽然一日没了卖,所以家里没有此物的朋友大可去买一个回来让自己如意如意。如意作为一种完全不再有什么用处的物件从痒痒耙演变而来,却不能再用来搔痒。去年过年的时候朋友请画一幅《平安图》,自然是画一瓶、一如意。这种画只是应景,没人能够画得好。

从可以搔痒的痒痒耙讲到如意,忽然又想到了古时的一个故事,这个故事好像是与德州地面的那位东方朔老先生有关,民间说他看到了麻姑献寿的那双手,说此手正可搔痒也。东方朔和麻姑又恰恰都好像是与桃子有关,东方朔是偷桃,齐白石画过的;麻姑是献寿,两只手捧一枚特大的桃子,齐白石也画过的。这个故事怎么讲?一个偷一个献,虽然不是一个时期的人物,但不妨编在一处让他们热闹,时下电视剧也喜欢做这样的混搭。去年鄙人在德州,曾问过东方朔的事,作家徐永也并没有把这个故事讲清,但今年似乎再去德州可到东方朔墓前一拜,如果有特大的桃子,不免献上一枚。话说到这里,是要给东方朔正一正名的。葛洪《神仙传》载,东汉孝桓帝时,仙人王方平、仙女麻姑降至蔡经家。蔡经见麻姑手指纤细如鸟爪,心中念言:"背大痒时,得此爪以爬背,当佳。"王方平已知蔡经心中所念,即使人牵他来鞭打,对他说道:"麻姑,神人也,汝何思谓爪可以爬背耶?"可见说麻姑之手可搔痒的并不是东方朔老先生。

北京的"仿膳饭庄"主食里有一品"如意卷",其实并不像如意,但名字好听，所以点它的人也颇多。有清一代，逢年过节或小孩儿过生日、老人的过寿日十分盛行送如意，纯金镶宝的、纯银烧蓝的或是玉雕的如意都曾经在故宫举办的专题展览里展示过。而民间更多的如意却是竹木，或干脆是生铁所制。画家粥庵某年曾在他的画室里示我一柄铁如意，是日本人所制，修长且不说，通体髹红漆，其漆虽斑驳却愈见古意，手握之处有一穿眼，可穿丝绦在里边。只这一品红漆斑驳的铁如意，如时时带在身边，是好处无量多，第一可以防不虞，若走夜路，蟊贼侧出，以其击之，一击两击乃至十击二十击亦不失其雅致。或者是吃核桃的时候随便拿出来敲敲磕磕，比现在市面上所售之胡桃夹子不知道要好到哪里去。

花　笺

　　杜工部的两句诗"烽火连三月，家书抵万金"，今人读来想必已多不解其味。手机的出现，人们已不再需要用书信传递什么，所以写信已近乎奢侈。以前常见有老者坐在街头，面前一小桌，备有纸笔，是代人写家书的，一封信写完还要算一下，一张信纸多少钱，笔墨要多少钱，其实相加起来也没几文，五分或一角，但让人感觉古风的存在。现在这种人少了，但还是有。上次随友人去桂林的大墟古镇，在桥边吃了一回美味的螺蛳，螺蛳壳子一时被吐得噼噼啪啪，然后独自去转，忽然就在街角看到一老者端坐在那里给一乡下人写信，虽然手里是一支圆珠笔，却让人感觉时光像是一下子倒退了许多年，一个低低地说，一个静静地写，真是岁月安稳。

　　在过去，写信是生活的一部分，除了有急事去拍电报，一般都是写信。找出纸笔，字斟句酌地写好，再细细看一遍，改改不对的地方，然后再出门去投寄。如果外边下雨还要备好伞和雨靴，邮局不在附近还要打出租，到了邮局贴邮票，再投到邮筒里去，还不知对方能不能收得到。现在的文具店里也许都买不到信纸，更别想买到那种印制精美的花笺。说到花笺，常看鲁迅的书信集，是文物出版社刊行的那种大本影印集，翻来翻去，就喜欢看他用花笺写的信。说到花笺，现在在北京琉璃厂还有得卖，价格已相当昂贵，买来也只能当作收藏品，用来写信一是有些贵，二是写给谁，是七弦虽在，知音难觅。鲁迅先生和郑振铎当年印过十竹斋笺纸，现在想见到原版不太容易，已算是稀有的古董。说到书信，搬家的时候，我特别留意朋友们给我的信，但每次搬家都免不了要丢东丢西。有时候，怕什么东西丢了，把它小心翼翼放在什么地方，而最后偏偏它就丢了。这次搬过家，一幅三岛由纪夫的毛笔字怎么也找不到了，是写在一张十六开那样大的纸上，是两句唐诗。还有赵朴初先生给写的堂号，两个字加上赵先生的名款，还有沈从文先生的两封信，当时接到沈先生的信十分意外和激动，给沈先生写了信，想不到他会回信，但打开信封后又十分失望，本希望沈先生是用毛笔来写，想不到却是蓝墨水钢笔字。还有汪先生的扇面，一面是桂花，一面是写杨升庵的那首诗，也找不到了。这就真是让人很怕再搬一次家，搬家其实如同战争，一切秩序都被打乱，多少年尘封的东西都给抖搂出来，而从这个家搬到另一个家以后你会发现许多东西不翼而飞。

　　说到笺纸，最著名的莫过于薛涛笺，但谁也没有见过，只能靠想象。而清代至民国，是笺纸的鼎盛时期，鲁迅写信多用白纸或八行，行宽字小，格外有趣。被陈丹青再再地称之为的"大先生"的鲁迅有时候也用花笺，比如写给许广平起首为"乖姑"的那封，是山水的图案。但鲁迅给别人写信时也用花笺，比如给台静农、给小峰，尤其是给台静农的那几封，花笺上的山水图案是寥寥的几笔，却淡远。但最多用到花笺的还是给许广平,比如起首叫许广平"乖姑","乖姑"下边再加一爱称"小刺猬"的那一封,选用的笺纸一张是枇杷,一张是莲蓬,信尾画押却是鲁迅画了一只小刺猬。再如起首直呼许广平为"小刺猬"的那几封,笺纸是选佛手一张,枇杷一张,信尾画押是一匹小马。或者再有,就是石榴、荔枝、牡丹、萱草、桃花、水仙、牵牛花之属,多是花卉。

鄙人有时候去逛琉璃厂,一定是要看看纸笔墨砚的,不买也要看。除此之外,还爱看看花笺,各种的花笺里,我独喜流云细草和寥寥几笔山水的那种,花笺上图案的线条和色彩要淡到若隐若现才好。我的朋友里,燕召喜做笺,他手制的小笺淡然好看,他拿几张来给我,我在那张一瓶一花的小笺上补一苍蝇,晴窗明几,笔砚清洁,我忽然就觉得自己已经回到了民国。

现在细想,做一回民国人亦是不错,布衣长袍,纸笔墨砚。

第五辑

彼时采桑

爱莲说

各种的花里，莲花是别一种风致。不说它与佛教的关系，即使说，也恐怕有些说不大清。据说佛教世界中的莲花并不是我们寻常一到夏天就可以看到的那种，而到底是哪一种，谁也好像都说不清。以佛教的典籍来说莲花，那大概每一瓣的莲花花瓣都有南方江湖上随处可见的小舟那样大，而且还会动不动就放出七色的光芒来。这就是神话了。而民间水域里到处可见的莲花却再大也大不到那样，而且也不会放光。在民间，莲花、荷花，和李清照酒后一下子"误入藕花深处"的藕花，我以为都是同一种花，也就是我们今天所能看到的荷花，而不是可以种在水缸里的那种睡莲。睡莲和荷花不是同一个科属。睡莲开花小而且只浮在水面上，不可能让一只小船一下子开进去，更不会有什么深处，只有荷花才会长到一人或比一人高。孙犁先生的小说写过在荷花荡里打游击的事，船就是西进去东出来地划来划去，也只因为荷花可以长到很高。这荷花便是莲花。至于民间把一种花弄出两个名字到底怎么回事，这需要让那些既有闲情又有时间的人去做一番考证。但有一点可以在这里说明，莲花的叫法好像是要早于荷花。古诗"莲叶何田田，鱼戏莲叶间，鱼戏莲叶东，鱼戏莲叶西，鱼戏莲叶南，鱼戏莲叶北"真是热闹,水光波纹都在,时时还被鱼搅动。细读这首诗,亦有欢愉的情绪在里边。而这首诗里的"莲叶何田田",倒又好像是在说现在的睡莲了。所以说,有必要弄清楚睡莲是什么时候出现在中国的或它本来就是中国的植物,而荷花的出现又在什么时候,或者它们的名字是从什么时候最先叫起。

宋代的周敦颐可以说是爱莲花的总代表,他的一篇《爱莲说》没有多少字,却真正几乎是家喻户晓。他总结出莲花的许多种好,而我只喜欢其中的一句,"可远观而不可亵玩焉"。这种态度如放在人类的社会交往上,那简直就是一条很好的纪律。若实实在在讲到赏莲花,对于不会游泳的人来说也只好如此。而莲花到了夏天在北京到处有卖,后海一带,几元钱一枝,买回去插在瓶中可连开数日。积习难改的我是更加喜欢那团团的莲叶,买回去煮粥,粥色碧绿,颇引人食欲,六必居酱菜下这样的粥很好,想喝甜粥加糖也很好。而莲花的好处也正在于此,不但有花可看,莲蓬和藕都可以吃,而且好吃。所以,只此一点,莲花可以说是足以自夸的。

汉语中的"莲"字发音和"可怜"的"怜"字一样,让人"爱怜"或"怜爱"一时说不清,但意思在里边。明清之际盘碗中的图案多有"一把莲",其主角就是莲花和莲叶。这种图案一直到现在都有,画在盘心或碗底,比"凤穿牡丹"和"金鱼戏莲"更加民间一些,也更让人喜欢。民间艺人最初在碗盘的底部画"一把莲"的初衷现在已经很难让人揣测,是让人爱怜这瓷的碗盘,还是推而广之地去教人博爱一切?反正意思是好的。"一把莲"这种图案后来还出现在家具上,比如新婚的床几之上,那意思就更清楚了,朱漆的木板上以金漆画团团蓬蓬的一把莲,好看而喜气。

鄙人曾收藏的几铺北魏鎏金板凳佛,有观世音造像的,是垂下的那只手持净水瓶,抬起的那只手持莲花,那莲花的柄子长长的、宛然的,可真是好看。我常想,做人要学观世音大士才好,胯下骑得住长毛施施然的狐,手里擎得起宛然的莲花。唯如此,才是伟丈夫,倒不在你长胡子不长胡子。

彼时采桑

　　昔日读古典诗词，竟是先喜欢的宋词，喜欢词牌的意思好，比如《西江月》和《满江红》，朗朗的日月全都在里边。再比如《风入松》，是既有画面又有风声，而少时最喜欢的另一个词牌名是《采桑子》，想一想，里边满满的都是人影来去，是民间的雨露风日。及至那一年和几个朋友风尘仆仆沿黄河一直朝南走下去，忽然在河的西岸坡上看到一片桑林，其时桑子正熟，满枝乌紫，一时在树下采起桑子来。当时还有几只山羊，我们去的时候山羊已经在树上吃了很久。

　　小时候，我读书的那个学校充满了自由的风气，比如上手工课，老师忽然发心要让我们知道蚕是怎样养、养蚕又是怎样的辛苦，便每人发了一些蚕籽，都在麻纸上，那是我第一次见到蚕籽，一粒粒很晶莹，竟是好看。及至小蚕出来，黑而且如蚁，却丑极。从那时便也知道蚕这种东西饿了原来什么都肯吃，蒲公英的叶子或菠菜的叶子，而在没有桑叶的情况下最好的当属榆树的叶子，吃后也会渐渐长大。喂蚕当然最好还是桑叶，但鄙乡绝少桑树，桑字发音近"伤"或"丧"，所以很少有人在院子里种那么一株桑树。因为养蚕，鄙乡又很少有桑树，这就让人为难，后来不知怎么得知去云冈的路上长有桑树，我们竟去那里采，一去一回八十里地。桑叶可以说是漂亮，叶片既大且亮，嫩的时候是嫩黄，及至叶片大开，便又绿得发黑，是乌绿。记得有一次家大人随我去采桑叶，可能是他起了郊游之兴，骑了自行车，一路兴致勃勃。家大人有时候还会带我去钓鱼，往往天黑才回，我坐在父亲的身后，竟也不知道困倦，三星在天，抬头看看，哪一颗都不认识，但哪一颗都让人喜欢。再说桑树，不是北方不长桑树，而是北方没有养蚕的习惯，所以桑树渐渐被人遗忘或起码是不那么被人重视。北方的桑树可以长到很大，没人去剪它的枝条，它便可以一直长。很老很老的桑树其实很入画，树皮是灰白的，下过雨，晒过几天太阳，那树干简直是干净爽利，桑叶又绿到发黑，是很入画。后来到了南方的桑园，才知道桑树是年年都要修剪的，不让它往高了长，一是要使它好抽新条，二是要好采。古代的那首《陌上桑》，桑树是直接长在路旁边，所以有种种对谈。京剧里有一出戏名叫《桑园会》，这出戏从另一个侧面告诉人们古代女子的辛劳，挑水做饭之外日日还要采桑饲蚕。再有一首唐诗，读来既让人惆怅又让人失落，其中的两句便是"蝉鸣空桑林，八月萧关道"，说明在古代，八月的蚕事已结束，不像四月的"才了蚕桑又插田"的那样忙。而八月的桑林里，没了采桑女，却只有蝉拉长了声音在叫，更见寂寥。小时读这首诗，心里便已觉空空落落，及至长大，想画出这样的一幅图来，竟至不能。这首诗暗含了桑林昔日的热闹和繁忙，一个"空"字，让人想象当年桑林里有多少的采桑女。看古人的画，采桑女手中的道具有二，一是可拊可提的篮，二是一个长竿的勾；篮不用说，那长竿的勾自然是用来拉扯那桑树枝的。这也只是画家的想象,真正的采桑饲蚕,那样的小篮能放得下多少桑叶?真正的采桑饲蚕,动辄要壮汉几担几担的桑叶挑来。蚕吃桑叶的声音和速度昔人曾有过形容,是一如疾风骤雨,一片的"沙沙沙沙"声,让人心里起震动,是唯恐新鲜的桑叶跟不上。喂如蚁小蚕,桑叶得细细剪,剪成一条一条,及至蚕长大,是整片整片的叶子撒上去,而那白白的蚕马上又会浮上来。蚕是不停地吃不停地拉,蚕屎的中药名叫"蚕沙",用来装枕头,据说可以明目,而实际的作用却在于清暑热,但味道却颇不难闻,是植物的气息,甚至是好闻。中医大夫的脉枕多用蚕沙装。至于以蚕蛹下酒,我至今仍不能接受。家大人当年一盘油煎蚕蛹一壶酒地慢慢喝起,我至今仍不能效仿。

  北京王府井有卖炸蚕蛹,个头之大真是奇大无匹,像是要比小时候见到的蚕蛹大好几倍。再说到蚕与桑,据说蚕吃榆树叶也一样能长大而吐丝,但榆树叶要是采起来就更麻烦,古人不用榆树叶而用桑叶饲蚕是有道理的,如果桑叶要比榆叶还小,那榆树肯定要担当饲蚕的重任。这只是民间的说法,专家怎么说,却一时很难得知。

葫芦事

我对酒的态度是能不喝就不喝,也就是说我并不喜欢酒,见了酒并不那么欢天喜地,直至现在发展到视酒如仇。话虽这样说,一旦朋友从远道上来了,我便又会欢天喜地跟着川流不息地喝,而且直到喝得大醉而不是微醺。鄙人像是向来不会微醺,而且喝酒极是快,有时候就在酒桌上,大家还没有离席,鄙人已经结束,也并不是像有些人那样瘫在酒桌上,而是坐在那里就睡过去,一觉醒来已在家中,再也想不起昨天喝酒的事,比如和谁喝酒或怎样回的家。虽然不喜欢喝酒,但朋友们还是要不停地送酒过来,或者是送一些酒器,比如"公道杯"或者是什么"自鸣杯"。所谓"自鸣",也就是在酒倒出来的时候像是有人在那里吹口哨,唯这个杯后来送了一个外国朋友,给他带来莫大的喜悦。去年过年时又有朋友拿一个葫芦来,不算大的那么一个葫芦,也就是林冲看守草料场时用的那种,但要小得多。朋友说这是放酒的,说你别看它是普通的葫芦,它里边有"文章",并把里边的"文章"说给我听,也不是什么了不得的事,只不过是在葫芦的里边用一种漆吊了里子,这么一来,即使是酒在里边放很长时间也不会渗透到外边来。即使是这样的葫芦,我也并不那么喜欢,到后来也送了

· 223 ·

另一个朋友。这就要说到葫芦。鄙人家里现在有两枚葫芦,红润好看,是母亲大人用手摩挲出来的。是先用一块玻璃碎片把葫芦外面的那层皮刮掉然后才开始日复一日地摩挲,直至它一天比一天红润。葫芦在民间的意思是"福禄",是发音相近使然。小时候玩过一块玉,后来亦是送了朋友,就是一个童子背了一个有蔓的葫芦,这个玉佩就叫作"万代福禄"。我把这个玉佩送给一个朋友,还把意思同时也说给他听,但不知这个"万代福禄"的玉佩现在还在不在,如果在,换一辆一般的小车想必足可以。

今年春天快要到来的时候,曾向持志斋主讨要了几枚丝瓜种子,就种在我的北边露台上,现在已经十分地蓬勃。以嫩丝瓜炒鸡蛋是一道很好的菜,宜下白米饭,丝瓜做汤味道十分清鲜,也是宜下白米饭。丝瓜开两种花,一种是结瓜的,另一种似乎是开来只让人看,一个花柄子上有五六个花苞,一朵接着一朵开,早晨起来,往那边一望,真是明黄好看。但明年想好了是要种两棵葫芦的,也好足不出户便可以坐在那里写生,虽然经常地把葫芦画来画去,虽然还有白石老人的稿本在那里,但还是写生出来的东西有真意。这又要说到白石老人,白石老的旧照片结集出版后,其中有一张拄杖站立的真是让人看了心生喜欢。老人站在那里,不但拄着杖,衣襟上还挂着一枚葫芦。这张照片真是很好看,白石老人是越到老年越好看,他年轻时的相貌倒是平平。只看这张照片,在心里揣摩老人衣襟上的葫芦是玉的还是别的什么材料所制,后来又看到白石老人的另一张大照片才知道那只是普通的葫芦,不大,一两寸,上边还有一小截蔓儿,只一小截,一点。看了这张照片，便在心里想不如让自己快快老起，也好能让自己挂杖戴小葫芦。再后来看到画家吴悦石也戴着一个葫芦，当然亦是在中式的衣襟之上，便就更加地让人喜欢起葫芦来。

　　前不久在北京，去了一趟十里河的花鸟市场，但买过两只蝈蝈便忘了葫芦的事，可见鄙人还没有老到可以在衣襟上挂葫芦的年龄。但到了明年，说什么也要在露台上种几棵葫芦，希望它能结一个恰好的，一两寸即可。只是不知道持志斋主那里有没有葫芦的种子。

芍药摇晚风

　　并不单单是在乡间，世间各种的花一旦开了便相继开起。在鄙乡，牡丹过后便是芍药。朱可梅师说到牡丹与芍药之间的区别，简短只三句，一是牡丹比芍药多一点焦墨，二是多一点水，三是芍药开花比叶子高。这三句话其实亦只是一句。昨天下楼去老画师青桐家看芍药时忽然想起朱师的这句话，回家再画芍药便大得要领。

　　芍药之为花，因为它开在牡丹之后，便没了那份要人倾城出动看它的风致，而芍药之好，似乎比牡丹更多了一些水灵。即使是阴雨天，芍药也透亮，从枝到叶到花朵均如此。芍药花色总是让人想到舞台上的花旦，而牡丹却是大青衣。两者相比，芍药比牡丹虽轻了一些，也薄了一些，却并不难看，只与牡丹比它一比，还有牡丹不到的地方，一是不那么堆叠，二是不那么动辄碗口大，而且花朵一旦开放便亭亭地从叶丛中挺立出来，亦是大方喜气，是自喜，也是要别人喜。家大人平生好酒且好种各色花木，记得他只在院子里的沿墙一带种芍药。还记得家大人对朱可梅师说芍药的好就好在一到冬天就什么都不见，年年春天又会重新开始，花虽好看却不给人找麻烦，只这一点又与牡丹不同。牡丹到了冬天，最好是要用稻草把它围那么一围才好过冬，芍药却不给人找这个麻烦。芍药开花的时候，家大人会搬一把藤椅坐在芍药那里喝茶，既然是时已入夏，父亲穿一条淡米色派力士裤子，上边是白府绸衬衫，人坐在那里真是爽然好看。这种记忆总在心里，每看芍药便不由得让人想起。

　　芍药若开花，一定是要在雨后看才好，雨后放晴，芍药开起，一世界都是亮丽。而昔人所说的"芍药摇晚风"却让人想象不出是何种情境。但向晚风来，在夏天，却是一件好事。

梧　桐

　　记忆中老南京路两边的法国梧桐真是好，高大粗壮，枝柯交摩，绿幕蔽天。炎炎夏日，其功德真是无量，往往会把一条路遮得一如凉棚。下雨天在这样的路上走一走像是格外地富有诗意，当然还有就是秋天的时候，风过处，那真是落叶如金。那年去克罗地亚，在旅馆前边的广场上看到许多大法国梧桐，一株一株特别地高大，树身之粗真是让人难以想象。我和朱向前兄绕着树走来走去，都想不出在国内什么地方见过如此粗大的梧桐。就在那个广场上，最粗的一株，我找来五六个人也没法子把它合抱过来，这就是法国梧桐，肯长而且也真是能长。中国梧桐像是没这么大。

　　过去老中医给病人开方子，有时候除了药方上的那几味药几钱几钱写明，还要写明再加多少蜜，这就是要合药丸了，多少蜜合多少药都有规定，而且，还会写明药丸要合如"梧桐子"大。但这里所说的"梧桐子"肯定不是中国梧桐，中国梧桐结籽很小。齐白石老先生画过中国梧桐的果实，几片淡赭石的籽实翅叶里夹几粒小小黑黑的梧桐子，一般人还会不认识。中医大夫开药方写"药丸合如梧桐子大"，不知始于什么时期，李时珍是否这样给人开过药方？对此感兴趣的诸君不妨去查一下，也同时可以考证到法国梧桐传入中国的时间。法国梧桐结子和中药丸差不多大小。如没见过法国梧桐的梧桐子，你可以剥一个中药药丸看看。

古时的画家画梧桐树，叶片都是用笔扫，当然是侧锋，笔触相对要大一些，因为梧桐的叶子很大，画梧桐是不能用细碎之笔。在中国，可入画的树很多，松柏和梅树还有竹子，这些植物可以让人说出"岁寒松柏之后凋""梅花香自苦寒来""竹之好乃虚心而有节"这样的话。而唯有梧桐却让人说不上什么好，而它分明又不是"等闲之辈"。传说中的凤凰如果在天上飞一整天，一旦要落下来休息就非梧桐不可。过去的民间画匠背着箱子到处走，无论去什么人家给什么人画，只要画凤凰便一定要有梧桐树。梧桐树的树干似乎很光润，但没听过谁用梧桐木做大家具或造屋架梁，但做古琴却离不开梧桐。古琴又叫作"丝桐"，梧桐树生长在中国就像是专门为了给人们做古琴或其他乐器的。关于梧桐树，评剧《花为媒》里边有一句唱词："大风吹倒了梧桐树，自有他人论短长。"这句唱词什么意思，仔细想想，是越想越让人不明白，但好好儿一大株梧桐树横倒在那里，确实是让人看了心里不会舒坦。春天的时候坐车从北方往南方走，有时候你就会看到车窗外的道边一株一株高大的梧桐树正在开花，枝干高举，花色微紫，真是大气好看。

关于焦裕禄当年在河南兰考一带大种泡桐树的事人们还约略记着，如果他种的梧桐树现在还在，想必都早已成材，用来做古琴想必不错。但精通古琴时事的朋友们都说现在做古琴很难找到合适的梧桐木，大多都用桑木替代。梧桐树现在怎么就会少了呢？这让人百思不得其解，也许与它的不能做家具有关？人们需要桌椅板凳毕竟要比需要古琴多得多。好在中国的桑树也很多，要想买到一张古琴现在还不算是难事。或者为了今后人们的做古琴，专门去种一些梧桐树也算是一件好事。梧桐树虽然除了做古琴和其他乐器像是没别的什么大用，但它开花还真是好看，一树一树的梧桐花紫微微地立在田野或道边真是让人无法忽略。

日本人做放茶具、香具或其他小物件的小箱小匣多用梧桐木，也不髹漆，木纹不那么花，颜色轻浅的一道一道，感觉是干净朴素，上边往往还会有几个墨写的汉字，实在是让人感觉亲切。

知风草

　　年年如斯，也没人去种，阳台上的花盆里一到春天照例都会长出我喜爱的知风草。知风草的穗子特别小而又松散，我总想它应该是小麦或粟谷们的亲戚，只是它太小，不知怎么就在花盆里长了起来，微有小风，它就马上摇动起来，所以叫"知风草"。

　　每次搬家，我总是舍不得那几个红色的老陶盆，那几个陶盆总是让我想起家大人往花盆里种菊花的情景，好像那几个老陶盆过去就是专门用来种菊花的。家父于春天刚刚到来的时候总是要忙一阵子，把土弄来，再把肥弄来，也不知他从什么地方弄来的肥，黑乎乎的，也不臭，倒像是香，泥土的香，而又不全是，是树叶子沤过的那种味道。肥和土拌在一起，然后是把盆子里的土都倒出来，干结的泥块儿都会被一一敲碎，然后再把它们合一回，然后才把这些种花的土放在盆里，然后是把花籽放进去。因为家大人喜欢花，还喜欢亲自种，所以那时候家里有花锄什么的，还有小铲，还有洋铁皮的喷壶。家大人那时种的花约略有这样几种，晚饭花、雏菊、美人蕉，还有薄荷和紫苏，而那些知风草，虽没人去种，但也会随之在盆里长起来，而且总是欣欣向荣。

说到阳台上的知风草，很奇怪的是总要让人想到秋天向冬天过渡的那些日子。天已经很凉了，这时候新鲜的白萝卜已经下来了，切了大块，用熟猪油煎了，再用好酱油和冰糖慢慢地煨，大块大块的白萝卜一块一块都给煨成了琥珀的颜色，味道真是好。这样的萝卜也只能在冬天还没有来，秋天已经快结束的时候吃到，一过这个季，白萝卜就不再是那个味道。这时候的阳台上，一盆一盆的花都几乎凋零了叶子，而唯有知风草还绿着，是一丝丝的绿，顶着霜后化成的水珠或者是深秋的雨水。知风草的绿，在夏天是容易被人忽略的，而在冬天来临之前，它的绿就不再容易被人忽略，寒凉却晶莹。这时候的知风草是瑟瑟的，也只好用瑟瑟这两个字来形容它。秋雨给人带来的感觉永远是近乎哀愁，再加上秋风，它就那样抖动着，或者是，已经下过了一两场雪，偶尔看看它，居然还绿着。石榴在冬天是要入房的，那房也是很冷的，玻璃上会结霜。而知风草居然又在盆里生长了起来，碎碎的，绿绿的。时下人们多种菖蒲。金农画菖蒲，全用短笔，一笔一笔真是耐性，菖蒲也真是碎得不能再碎的笔触，而知风草就更细碎，一有风吹，辄摇动不止，深秋尚绿，示人生意。

莼菜之思

莼菜真是没什么味,要是硬努了鼻子去闻,像是有那么点清鲜之气,你就是不闻它,而是在水塘边站站,满鼻子也就是那么个味儿。莼菜名气之大,与西晋时期的一位名叫张翰的人分不开,他宁肯不做官也要回去吃他的莼菜和鲈鱼,无形中给莼菜做了最好的宣传,这一宣传就长达近两千年。莼菜是水生植物,只要是南方,有水的地方都可能有莼菜,没有,你也可以种。但要论品质之好坏,据说太湖的莼菜要比西湖的好,但我只吃过西湖的莼菜,没有比较,说不上好坏。莼菜之好,我以为,不是给味觉准备的,而是给感觉准备的,这感觉也就是我们常说的口感。莼菜的特点是滑溜,滑滑溜溜,让嘴巴觉得舒服,再配以好汤,难怪人们对莼菜的印象颇不恶。滑溜的东西一般都像是比较嫩,没等你怎么样,它已经滑到了你的嗓子眼里头。莼菜汤,首先是要有好汤,你若用一锅寡白水煮莼菜,你看看它还会不会好吃。莼菜根本就不能跟竹笋这样的东西相比。莼菜要上席面必须依赖好汤,它的娇贵又有几分像燕窝,没好汤就会丢人现眼。莼菜是时令性极强的东西,一过那个节令,叶子一旦老大,便不能再入馔,只好去喂猪。常见莼菜汤里的莼菜一片一片要比太平猴魁的叶子还大,

·233·

这还有什么吃头！叶子上再挂了太多的淀粉，让人更加不舒服，这样的莼菜汤我是看也不看，很怕坏了对莼菜最初的印象。好的莼菜根本就不需要抓淀粉，它本身就有，莼菜的那点点妙趣就在那点点自身的黏滑之上。去饭店，要点就点莼菜羹，汤跟羹是不一样的。说到以莼菜入馔，那还要数杭州菜为第一。

以莼菜入馔，我以为也只能做汤菜，如果非要和别的东西搭配，与鱼肉搭配也可以，与鸡片搭配也似乎能交代，但与猪肉羊肉甚至牛肉相配就没听说过。莼菜好像是不能做炒菜，但也有，杭州菜里就有一道"莼菜炒豆腐"，但必要勾薄芡。一盘这样的炒菜端上来，要紧着吃，一旦那点点薄芡懈开了，稀汤晃水连看相都没得有。这道菜实际上离汤也远不到哪里去，而这道菜里的豆腐我以为最好用日本豆腐，日本豆腐比老豆腐老不到哪里去，正好用来配莼菜。

老北京酱菜中有一品是"酱银苗"。现在可能已经没有了，我去了几次六必居，他们是听都没听说过。汪曾祺先生对饮食一向比较留意，他曾经在谈吃的文章中发过一问，问"酱银苗"为何物。汪先生也没吃过"酱银苗"。我后来偶然翻到有关银苗菜的资料，刘若愚《酌中志》云："六月初六日，皇史宬古今通集库銮驾库晒晾，吃过水面，嚼银苗菜，即藕之新嫩秧也。初伏日造曲，惟以白面，用绿豆加料和成，晒之。"我给汪先生写了一信。

在北京的民间，现在还有没有人吃藕之新嫩秧，我很想做一番调查，也很想再深入一下，调查一下还有没有用银苗菜做酱菜的地方。想来酱银苗也不难吃，首先是嫩，其次呢，我想还应该是一个字——

嫩！酱菜一旦七七八八地酱到一起，都那个味儿。什么味儿？酱菜味儿。我蛮喜欢北京的酱菜，但都说保定的酱菜好，学生特意从保定带一小篓送我，齁咸，比我小时候吃过的咸鱼都咸。说来好笑，我小时候总是吃咸鱼，那种很咸很咸的咸鱼，一段咸鱼下一顿饭，以至于我都错以为凡海鱼都是咸的！好笑不好笑？

保定的酱菜没北京的酱菜好，北京的酱菜要以六必居为翘楚。我有一道拿手好菜，在各种的餐馆里都吃不到，就是——"炒酱菜"，小肉丁儿，再加大量的嫩姜丝，主料就是六必居的八宝菜，这个菜实在是简单，实在是不能算什么菜式，但就是好吃，就米饭，佐酒都好。过年的时候我要给自己炒一个，好朋友来了我要给好朋友炒一个。

但要是没了六必居的酱菜，我就没辙！

莼菜可不可以像银苗菜那样做酱菜？俟日后到杭州细细一访。

山　茶

那年去武夷山，原想画一下写生，带了皮纸和毛笔以及平时根本就用不到的铜墨盒，到了那里，才发现武夷的山几乎没有什么纹理可言，和黄山的那种到处都是皴法恰恰相反，而是圆咕隆咚的，看着好看，芥子园那里学来的种种山石法却都用不上。之后漂流了一回，也是一行的人坐了竹筏在溪水里忽东忽西地漂下去，不觉已到终点。两岸的山石也都隆然而圆，间以杂树，这样的山没什么好画。之后便去看了那几株著名的大红袍，也觉得实在是没有太大的看头，或者在心里觉得它不像是多年的老树，虽被红布条重重围缠以示珍贵。既来武夷山，买茶看茶是一大节目，武夷也只是茶铺子多，随便一家闯进去喝就是，也绝没有收茶水钱的说法。这和北京的茶庄大不一样，北京的"张一元"和"吴裕泰"向来没有给你坐下来喝茶的说法，店面之小也不可能让客人在那里围在八仙桌边上大喝一通的道理。而我对做茶工序感兴趣，别人喝茶，我却要到处去看看，忽然对那晾茶的大竹匾也产生了兴趣，想带一个回北方去。那竹匾之大，足可让一个小孩子在里边睡觉。又还看了一回焙茶，那暗火根本让人看不到，只能感觉到它的热度，暗火上边是烘焙着的一匾一匾的茶。快到了吃中饭的时间，便看一老妪在那里炒菜，一小碗清亮的油"哗"地一下倒在很大的锅里，小一点的竹匾拿过来，里边是青菜，"噼噼叭叭"地倒在锅里炒了起来。因为那炒菜的油与鄙人在北方吃的麻油和菜籽油不同，自有一种陌生的香气腾然而起。那被这油炒出来的菜也像是格外爽滑。一问才知道这是茶籽油。而现在想吃茶籽油非要花比别的油贵很多倍的钱不可。北方人的饮茶习惯，在最早，也就是喝砖茶与花茶。砖茶是隆冬的早上或晚上，放在壶里煮煮便那样一碗一碗地喝起来，没有什么讲究。还有就是乡下人家必备的茶卤，是把茶煎到极浓一如酱油般厚稠，临到喝的时候再用开水兑一下，这真是极其方便。而现在这种喝茶的方法渐渐式微，大块的那种非得下大力气才能破开的砖茶也已经很少能让人见到。

去武夷，记忆中是看到了很红的那种单瓣茶花。茶花要好看，必是这种单瓣的才好。大红，鲜明，花蕊是一束，色如赤金，可真是好看；此花的花萼又是鳞片状，用焦墨圈圈点点，极是入画。白石老人画茶花便是这种。老人家画茶花从来都只是画五瓣，多一瓣都不肯，用朱砂，红且厚实，然后是那一束高高的花蕊。茶花好看，但花店里很少有。茶花之好看还在于它的叶片，黑、绿、亮，此三字得茶花叶子之神理。插茶花，最好是一朵两朵，如是两朵，最好一高一低，一朵在开，另一朵便只能是花蕾。而且必要有几片叶片去衬它一衬，黑亮的叶片衬大红的茶花，这样的花放在眼前人便没有办法不精神起来。

我每天散步的那条街有三家花店，但从来都没有茶花出现过，它不出现也好，我便想念它。有朋友知我喜欢它，不知从哪里剪一枝两枝给我，我便画茶花给他，大红浓黄极黑，简单而没多少花样，而茶花确实也就是这样子，重瓣的茶花，怎么能和它相比？

牡丹帖

　　当年画牡丹，翻来覆去总会把白乐天的那首"帝城春欲暮，喧喧车马度"的牡丹诗抄上，因为画牡丹，也不知用去多少蛤粉。那年秋天还曾去过一次菏泽，雾很重，也大湿冷，几个朋友于酒后去看牡丹，每人喝了半斤多烧酒，才不至于被冻得哆哆嗦嗦。也只是那一次，才知道牡丹最好是要在秋天的时候去种它，到第二年也许就会灿然地开出花来。还记那一次朋友一边喝酒一边问牡丹之所以叫"牡丹"是什么意思，这谁也不好说，这便牵扯到汉语造字造句的事，只一个骂人话常常被用到的"日"字，便不管是谁都不会明了它的原意是什么或出处在哪里。牡丹最早的名字是叫"鼠姑"或有人说叫"鼠妇"，就字面解，也一样是只能叫人莫名其妙。古人对草木，亦像是对人，有平等心在里边，常见中药铺子的药斗子上写有"王不留""刘寄奴"等好听的名字，便让人心生喜欢，草木竟也像人一样有名有姓。

　　牡丹是在唐代的时候，就被人们喜欢到花开时节要倾城出动地去看，人们对牡丹的态度当用"倾倒"这两个字来形容。说到牡丹，即使是现在，从乡间到城里也没有人会对它起不敬重之心，这倒无分南北，虽然洛阳和菏泽都隶属于北方。少年时读冯梦龙的那篇《灌园叟秋翁遇仙记》给人的印象最深，神话的力量往往要比真实的历史还能让人相信且有感动。武则天一道圣旨算是把牡丹贬到了乡民们的心里面，从此让人们都知道牡丹。在中国，你若说牡丹不好，人们可能会用另一种眼光看你，起码会认为你这个人很不解风情。牡丹的好，应该是在于它的雍容。日本人认为，一个优雅的女子，站着的时候应该像是芍药，坐姿则要一如牡丹，而行走的时候要像百合，要垂着一点头，羞怯和谦恭是女性的美德，话说回来，可能也不大会有人喜欢上一个昂首阔步的女人。即使是男人，动不动就要在那里昂首阔步，我想人们对他也不会太欣赏或大加赞叹，这在他自己，也不见得轻松。在鄙乡，年画或贴在窗上的剪纸有"凤穿牡丹"的纹样，广东的音乐里有"百鸟朝凤"这样的曲子，也只有牡丹才配得起那五彩辉煌的凤凰。

忽然想起写关于牡丹的文字，是因为有朋友送来了两朵白牡丹，花虽白，却是紫色的蕊，便让人觉得虽是无色的白牡丹，却是十分妖冶。用牡丹插瓶，最宜那种中国式瓷瓶，而且要大肚子的那种，白定的大瓷瓶或青花的大肚子瓷瓶都好，但最好不要用玻璃的那种，下小上大的梅瓶也不宜，插大朵的牡丹最好是上小下大。牡丹花开到最后，其姿态也只能用一个"卧"字来形容，大牡丹，开足了，有大号碗的碗口那么大，感觉真像是一个美人在那里半倚半靠，姿态真是雍容。但只要有一两片花瓣凋谢，其他花瓣会跟着纷纷落下，春天也就彻底过去了。有时候天天盼着冬天赶紧过去，起码是在我，就是想看牡丹在春风里慢慢开起。

"十里春风不如你。"这句话，我以为，原是用来说牡丹的，其他的花都当不起。有人这样说我，我亦高兴，觉得我自己是牡丹，《楚辞》里的"芳草美人"原来只是好的意思，在产生那个诗的古时，男人也可以是芳草，男人也可以是美人。

荠菜帖

去年在南京小住了几天，其间去看了赛珍珠的故居，说是故居也只是赛珍珠在里边住过，那幢小楼派做他用已近半个世纪，不知有多少人在里边出出进进吃喝拉撒，现在把它重新修起来，实实在在不知道应该说是多少人的故居了。故居前边有赛珍珠的半身塑像，不免和她合影，合影的时候忽然想起读她的《大地》已是三十多年前的事。说来好笑，今天准备要写荠菜，却忽然从荠菜一下子想到了赛珍珠，也是因为那句俗谣：三月三，荠菜开花赛牡丹。赛牡丹、赛珍珠、赛金花，前边都有个赛字。

荠菜实在是很好吃的野菜。在北京到了吃饭的钟点没事就专门找荠菜大馄饨，坐了丁国祥的车一路飞奔，他开车，我负责四处张望，到处找"上海老城隍庙小吃"店，因为只有这家店有荠菜大馄饨。荠菜大馄饨比一般的馄饨像是要大上两三倍，不是两边尖尖四川抄手的小模小样，而是像一个长长的小枕头，一碗上来，清汤里八九枚这样的馄饨，很好吃，馄饨里边碧绿碧绿的自然都是荠菜。我常无事一个人去吃，一碗这样的馄饨，再要两个小烧饼和一枚茶蛋，很好了。几次拉了丁国祥去吃，他也说好。还有就是大清早赶去庆丰包子铺吃荠菜馅包子。说实话，去吃庆丰包子也只是吃它的荠菜馅，因为别处没有荠菜馅包子。庆丰的包子皮太薄，但又不是小笼包子，这就让人不能满意，但现在想要找到那种发面大包子还不容易，馅儿好，皮儿也好的发面大包子，三个便会让你大腹便便起来，这样的包子只好在家里自己做了吃。我往往是在庆丰包子铺里买五个荠菜包子，然后出门往右一拐进到"武圣羊汤店"再来一碗羊汤就着吃，这搭配对我来说可以说是绝配。吃完这个早点，再一路朝南走，前面便是潘家园。

吃荠菜多年，却没怎么见过荠菜，因为从不曾留意。那次在日照，看见路边有几个妇女在挑什么，每人挑了一小堆在那里，叶子碎叨叨的，一问，是荠菜。这便勾起吃荠菜的念头，居然在吃中午饭的时候吃到了一盘荠菜拌豆腐干儿，当然一律都切得碎叨叨的，味道却很清鲜。荠菜的味道很特殊，那一点点清香好像离你很远。

农历三月三，把荠菜花放在灶台上，据说一年到头蚂蚁都不敢往灶台上爬，用荠菜花煮鸡蛋有什么典故或说法鄙人是一向不知，鄙人是只问味道不问意义。再说荠菜，鄙人家阳台上的那个种蜡梅的盆子里长了不少荠菜，此刻已经开花，虽然按农历推算还没有到三月三。

栖霞木瓜

明清笔记小说多有记载南京栖霞山出产木瓜："南京栖霞多产木瓜，年时做清供，久则愈香，且多可入药，又叫药木瓜。"而木瓜像是又可以泡酒，小时候像是见过一种酒就叫"木瓜酒"，当然是药酒。关于药酒，在中国，其药效左右不离"壮阳"，木瓜酒是不是这样？没有喝过，不敢发言。这是药木瓜。

要说吃，我以为水果木瓜不怎么好吃，也不怎么好看，要想让它好看就得把它切开，一肚子瓜子黑亮黑亮的，瓜肉的颜色且有过渡，从淡黄到橘红，很是好看。我不喜欢这种能吃的水果木瓜，但我喜欢药木瓜，药木瓜一是可以做清供，二是可以闻香。八怪之一的边寿民题《木瓜图》："木瓜，以金陵之栖霞山者为佳，圆大坚好，肤理泽腊，无冻梨斑及虫口啮蚀状，故久而愈香，得一二枚，便足了一冬事矣。"那一阵子，我很迷边寿民，实际上是对他的古怪行径感兴趣。据说为了画大雁，他在芦苇丛中搭了个可以把身子猫在里边的小草棚，日夕与大雁相望，所以他的雁画得比别人都好。作画需要观察，吴昌硕的花卉好，但他画虎就不行，我看过吴的一幅虎，当时我差一点就要笑出来，他笔下的回头虎真和猫差不多，既没多少虎气，两只眼也忒大，眼大则呆！这幅画算是给吴昌硕丢人！

　　北方人不太习惯吃水果木瓜，也可能在北方根本就吃不到好木瓜，北方人对木瓜就那样，吃个新鲜，我至今都不知道最好的木瓜什么味儿。在北方所能吃到的木瓜运来之前一定不能是熟得太好，要太熟，运来就坏了，所以北方人吃南方水果总是吃捂熟了的，有那个味儿，但永远不是最好的那个味儿！这是能吃的水果木瓜，而边寿民所说的木瓜不是这种木瓜，边寿民说的那种可以闻香的栖霞木瓜比能吃的木瓜硬得多，咬都咬不动，人们把它叫作香木瓜，也就是药木瓜。香木瓜的样子不起眼，没能吃的那种个头儿大，是越放越抽抽，一点点都不起眼，但不起眼才妙，你放一个在屋里，什么香啊？坐在那里的客人闻到了，看他的鼻子你就知道他已经闻到了。我深夜读书，有时候早就忘了那个干巴木瓜的存在，那个盘子放在高处，因为怕让人摸来摸去。但忽然又闻到它的香了。

　　我姑娘和别人也一样，根本分不清这木瓜和那木瓜的区别。有一次我买了一箱水果木瓜回来，切一个，我姑娘只吃了一小块儿，说，什么味儿？我们那儿不出木瓜，却有一句骂人话和木瓜有关——木瓜脑袋！是说这个人笨，还是说这个人的脑袋长得不好看而像个木瓜？

　　用水果木瓜榨的汁其实也不难喝，有股清鲜之气。

　　用水果木瓜做菜在北方是"新鲜事物"，眼下饭店里到处都有的一道是"木瓜雪蛤"，或是"木瓜牛肉"，但民间最简单的吃法却是拿一个青木瓜擦丝拌着吃，来点儿醋，来点儿盐，再来点儿麻油，各随其好，也有用白糖拌了吃的。若说以木瓜做菜，论口味，我觉得是既说不上好，也说不上赖，要我，宁肯来一盘拌白萝卜丝。

再说木瓜，我以为还是药木瓜好，一个木瓜，放在那里总是能让人闻到它的香是一件多么好的事，"故久而愈香，得一二枚，便足了一冬事矣。"但至今，我都不知道什么地方还有卖可以闻香的栖霞木瓜，一种说法是宣城的皱皮木瓜最好，但我也没见过，不但是我没见过，我想苇间老民边寿民也可能没见过，要不他就不会说木瓜要数南京栖霞的最好了。

南京栖霞山现在还有可以闻香的木瓜吗？这次去南京，问遍诸友，都说不知道。我家的木瓜，年年都是同仁堂的朋友送那么一两个过来。

樱　桃

　　说到樱桃，不说别人，只说我自己，其滋味总是不在吃字上，而是每每让我想起那首实在是很好听的民歌《樱桃好吃树难栽》，而我们现在所能听到的也只是唱片里一遍遍放出来经过改编的，其实并不那么好听。这首民歌原来应该是左权那地方人人都能吟唱的民间小调，女作家郝东黎这首歌唱得顶好，她的嗓子本来有些沙哑，经她唱的《樱桃好吃树难栽》真是让人心动，忧伤、疲惫、日子的艰难窘困都在她的歌声里了。这首歌的开头几句是这样："一坡滩滩的杨柳树，一呀么一片儿片儿青。"而这首民歌的好，是唱到每一段的结尾处总是要反复叹息。"樱桃那个好吃呀，树呀么树难栽，有哪些心事呀，哥哥呀，你慢慢儿地来。"民间的歌曲，原是从一代代人的心上唱过来的，是不必改编的，改编过的民歌大多都不好。女作家郝东黎唱的这首歌就要比唱片好听得多。

　　樱桃是季节性很强的水果，一吃过樱桃，春天就要过去了。契诃夫想来也是喜欢樱桃的，他的话剧《樱桃园》——起码是汉语版的《樱桃园》在舞台上已经很少上演了，这剧名真是好——《樱桃园》，不看剧情，光听剧名就有琳琅的色彩在里边。我少年时候的家在花园的东边，花园里的樱桃树在结果的时候真是吸引人，是满树的珠玉，这么说一点都不夸张，那小小的樱桃每一颗都很亮很红，到最后会红到发紫。有叫不出名儿的小小候鸟会飞来啄食它，啄下一颗飞走，然后又会有另外的小小候鸟飞来继续啄食。现在市上售卖的樱桃要比我小时候吃到或看到过的不知要大多少倍，吃起来却永远没有那时的味道好。清朝的《道咸以来朝野杂记》里有记载，最好的樱桃应该是白色的那种，只是价钱十分贵，一两要几两银子。而现在是很少能看到那种白色的樱桃。樱桃的好看还在于无论它的果实是多么的红艳，而果柄却永远是那么绿，绿得十分干净，是真正的红绿相间，放一盘在那里，会让眼睛亮老半天。白石老人笔下的樱桃之好并不是好在樱桃的颜色上，而是好在浓墨的樱桃柄子上，那种感觉都在。初夏时节上市的那种长茄子也一样的好看，那样的亮紫，茄柄又是那样的绿，紫和绿都干净到不染凡尘，真是好看。小时候，对生活的要求不高，有好东西吃即可，及长大，对生活的要求才又加上了要有好东西看。

要想知道樱桃的好看，你最好把各种水果摆在一起，樱桃的亮圆好看真是无法让人忽视。北京一带那么多的地方，我惟还记着"樱桃沟"这个地名，在北京去过那么多地方，而"樱桃沟"却一直没有机会去。这条沟在北京的什么地方？沟里有没有樱桃？其实这些都不重要，也不必去看，如果真去了，也许连美好的想象都没有了。但契诃夫的《樱桃园》还是可以再看的，或再再地看。说一句玩笑话，去契诃夫的《樱桃园》，连机票钱都省下。

岁尾花事

花木的名字,有写实的,如"知风草",是因为一有风它就会轻轻摇动起来,哪怕是很小很小的风;如荷花,那"荷"字原是"合"字,因为它白天开,到了晚上必定要合拢,亦是写实。而也有让人莫名其妙的,比如"菊花",如单单地想一想它为什么会叫"菊花",你马上就会不得要领;又比如"牡丹",也是让人想不出是什么意思,只是那花好,那名字才跟着也好了起来,牡丹在乡下的名字又叫"鼠姑",简直让人不知道我们的先人为什么会这样叫。而有些花木,比如"十大功劳",就让人想它一定会有故事在里边,但谁也不知道那是个什么样的故事。"仙客来"这种花在中国又叫"兔耳花",其实是比较写实,其花瓣是有几分像兔子的耳朵,而忽然看一本翻译过来的讲植物的书,让人想不到"仙客来"居然还有一个外国人给它起的名字——"猪的馒头",据说欧洲的猪是很爱吃仙客来的根部,仙客来是球形根,是很能长的,猪有时候在地里找到它,一口一口很香地吃起来,就像一个饥饿的人在那里大口大口吃馒头。我把这个名字告诉我的朋友画家王彤,他听了很是笑了一会儿。而"仙客来"这个名字据说是周瘦鹃给起的,其传入中国想必也没多长时间,查一查宋人的画,还真见不到这种花。而这名字起得不能让人说好,仙客是谁?谁是仙客？花是仙客吗？它原本就长在一个一个的陶盆里，忽然地开起花来也不能说"来"，道理是它一直就待在那里原地不动。不知道周瘦鹃先生给此花起名字的时候想到了什么。与"仙"字有关的花不多，而水仙这个名字却叫得好，也不用施什么肥，只要有水就行。大约是十年前吧，《散文天地》的主编楚楚一连几年从福建整箱地把漳州水仙给我寄来，我以为那是我收到的最好的冬天的礼物。水仙的香气是冷，是冷冷的香，而桂花却是热，热烘烘的。这可能与季节分不开。而晚饭花就让人觉着有几分烟火气，因为它总是与人们的晚饭分不开，人们往往一边吃晚饭一边就看到了它，其实它早上也开，也大可以叫作"早饭花"。汪曾祺先生出过一本小说集，深绿的封面，书名就叫《晚饭花集》。汪先生的另一本随笔集《蒲桥集》也很好，这两本书我以为是汪先生所出的书里边最好的集子。这两本书的封面都被我看烂了，但有时候我还禁不住把它找出来再翻翻，书虽破旧，但看旧书的心情，有新版书无可比拟的好。

今年的岁尾，因为家里有事，没有像往年整箱地把水仙买回来，只好过了一个没有水仙的年。我以为种水仙也以陶以瓷为好，也不必用刀子既雕且刻做什么造型，就让它自自然然地长起来开花最好。今年过年虽然没有水仙可看，也没有佛手做清供，但朋友送来的蝴蝶兰和蕙兰却开得很好。蝴蝶兰的名字也是写实，其花朵很像蝴蝶，而蕙兰如果不开花光看叶子却更像是某种水生的草，叶子既宽且大，与兰花像是不沾边。今年岁尾，虽然没有水仙可看，但去年的佛手还在，因为干缩，已经很小了，香气还在，放在鼻子前，是隔年的药香，十分浓厚。据说画家吴悦石先生藏有明代的干佛手，真是令人向往之至。